Milan Kundera

米兰·昆德拉

尉迟秀——译

Jacques et son maître

雅克和他的主人

一出向狄德罗致敬的三幕剧

Hommage à Denis Diderot en trois actes

OEUVRES
DE
MILAN
KUNDERA

上海译文出版社

雅克和他的主人

向狄德罗致敬的三幕剧

Jacques et son maître

Hommage à Denis Diderot en trois actes

目 录

序曲／写给一首变奏

I

雅克和他的主人

1

在变奏的艺术上谱写变奏

弗朗索瓦·里卡尔

153

游戏式的重新编曲

162

作者补记

关于这出戏的身世

167

序曲／写给一首变奏

1

　　俄国人①于一九六八年占领我的祖国，当时我写的书全被查禁了，一时之间，我失去了所有合法的谋生渠道。那时候有很多人都想帮我。一天，有位导演跑来看我，问我要不要把陀思妥耶夫斯基的《白痴》改编成剧本，再以他的名义发表。

　　为此我重读了《白痴》，也了解了一件事，那就是即便我饿死了，也无法改编这部小说。因为我厌恶书中的那个世界，一个由过度的作态与晦暗的深渊，再加上咄咄逼人的温情所堆砌起来的

---

① 昆德拉在其评论集《小说的艺术》中明白宣示，他"不用苏维埃这个形容词。苏维埃、社会主义、共和国、联盟，'四个词，四个谎言'（卡斯托里亚迪斯语）。苏维埃人民：是一扇屏风，在屏风背后，被这个帝国俄罗斯化的所有国家，都该遭人遗忘。……苏维埃这个词让人以为……俄罗斯（真正的俄罗斯）……可以不必对这一切的控诉负责"。因此他从不使用"苏联"、"苏维埃"等词，而用"俄罗斯"、"俄国"、"俄国人"等词，表明自己坚持指明历史责任的源头。

世界。然而正是在彼时，一股对于《宿命论者雅克和他的主人》的
莫名乡愁却由心底蓦地升起。

"您不觉得狄德罗会比陀思妥耶夫斯基好些吗？"

他不觉得。而我，我却挥不去那古怪的念头；为了尽可能
与雅克和他的主人长相左右，我开始将他们想象成自己戏里的
人物。

2

为什么会对陀思妥耶夫斯基有这般突如其来的强烈反感呢？

是身为捷克人，因为祖国被占领而心灵受创所反射出来的仇
俄情绪吗？不是，因为我对契诃夫的喜爱不曾因此中断。是对陀
思妥耶夫斯基作品的美学价值有所怀疑吗？也不是，因为这股对

陀思妥耶夫斯基的强烈反感，连我自己都感到惊讶，这种感觉根本没有丝毫的客观性。

陀思妥耶夫斯基之所以让人反感，是因为他书中的氛围：在那个宇宙里，万事万物都化为情感；也就是说，在那儿，情感被提升至价值与真理的位阶。

捷克被占领之后的第三天，我驱车于布拉格和布杰约维采（加缪剧作《误会》中的背景城市）之间。在路上、田野里、森林中，处处可见俄国步兵驻扎的军营。车行片刻，有人将我拦下，三个大兵动手在车里搜索。检查完毕，方才下令的军官用俄语问我："卡喀，粗夫斯特夫耶帖斯？"意思是说："您有何感想？"问句本身既不凶恶也无嘲讽之意，问话完全没有恶意。军官接着说："这一切都是误会。不过，问题总会解决的。您应该知道我们是爱捷克人民的。我们是爱你们的！"

原野的风光遭到坦克摧残蹂躏，国族未来的数个世纪都受到牵连，捷克的国家领导人被逮捕、被劫持，而占领军的军官却向你发出爱的宣言。请不要误会我的意思，占领军军官并无意表达他对于俄国人入侵捷克的异议，他绝无此意。俄国人的说法和这位军官如出一辙：他们的心理并非出自强暴者虐待式的快感，而是基于另一种原型——受创的爱：为什么这些捷克人（我们如此深爱的这些捷克人）不想跟我们一块儿过活，也不愿意跟我们用同样的方式生活呢？非得用坦克车来教导他们什么是爱，真教人感到遗憾。

3

　　感性对人来说是不可或缺的，但是自从人们认为感性代表某种价值、某种真理的标杆、某种行为判准的那一刻起，感性就变得令人害怕了。最高尚的民族情感好整以暇，随时准备为最极端的恐怖行径辩护；人们怀抱满腔抒情诗般的情感，却以爱为圣名犯下卑劣的恶行。

感性取代了理性思维，成为非知性和排除异己的共同基础；感性也成为如卡尔·古斯塔夫·荣格所说的"暴行的上层结构"。

情感跻身于价值之列，其崛起的源头上溯极远，或许可以直溯至基督教和犹太教分道扬镳的时刻。"敬爱上帝，行汝所悦。"圣奥古斯丁如是说。这句名言寓意深远：真理的判准从此由外部移转到内部——存在于主观的恣意专断之中。爱的模糊感觉（"敬爱上帝"——基督教的命令）取代了法律的明确性（犹太教的命令），并且化身为朦胧失焦的道德标准。

基督教社会的历史自成一个感性的千年学派：十字架上的耶稣让我们学会了向苦难献媚；洋溢着骑士精神的诗篇告诉人们什么叫作爱；布尔乔亚的家族关系勾起我们对于家族的怀旧感伤；政治人物的蛊论滔滔成功地将权力欲"情感化"。正是这段漫长的历史造就了情感所拥有的权力、丰富性及其美丽容貌。

不过，自文艺复兴以来，西方的感性因为某种与其互补的精神而获得平衡：这种精神就是理性与怀疑，游戏以及人文事物的相对性。职是之故，西方文明得以进入全盛时期。

索尔仁尼琴于其著名的哈佛演说中，将西方危机之滥觞置于文艺复兴时期。这样的论点显现了俄罗斯文明的殊异之处；事实上，俄罗斯的历史之所以有别于西方，乃因文艺复兴不曾出现在这个国家，而文艺复兴的精神也未曾在此地应运而生。这正是为何在理性与感性之间，俄国人的心理所感受到的是另一种不同的关系，而俄罗斯灵魂（其深沉及粗暴）的神秘之处就存在这种关系里。

当俄罗斯沉重的无理性降临我的祖国，我本能地感受到一股想要恣意呼吸现代西方精神的需要。而对我来说，似乎除了《宿命论者雅克和他的主人》之外，再也找不到如此满溢着机智、幽默和想象的盛宴。

4

要是真得给自己下个定义的话，我会说自己是个享乐主义者，被错置于一个极端政治化的世界。《好笑的爱》所叙述的就是这种情境，在我写的所有小说里，我本人最钟爱的正是此书，因为它反映了我生命中最幸福的时期。多么奇怪的巧合啊：在俄国人入侵的前三天，我写完这本书的最后一个短篇（我是在一九六〇年代陆陆续续完成这些短篇的）。

法文版《好笑的爱》于一九七〇年在法国出版，有人因此提到了启蒙时代的传统。由于被这样的比拟所感动，我带着近乎幼稚的热切心情接着说，我喜爱十八世纪。老实说，我并没有那么喜欢十八世纪，我喜欢的是狄德罗。说得更实在些，我喜爱他的小说。若要再更精确的话，我爱的是《宿命论者雅克和他的主人》。我对狄德罗作品的看法当然是非常个人的，但是或许也不无道理：事实上，我们可以忽略作为剧作家的狄德罗，而且严格说来，即使不读这位伟大百科全书作者的论文，我们仍然可以理解哲学的历史。但我坚决认为，如果略过了《宿命论者雅克和他的主人》，我们就永远无法理解小说的历史，也永远无法呈现其全貌。我甚至还要说，仅仅将这部作品置于狄德罗的个人作品中来检视，而不是将之置于世界小说的脉络，这样对作品本身是不公平的：只有将这部作品与《堂吉诃德》或《汤姆·琼斯》、《尤利西斯》或《费尔迪杜尔克》并列，才能让人感受到它真正的伟大之处。

或许有人会反对我的说法，他们会说，《宿命论者雅克和他的主人》与狄德罗的其他成就相较起来，不过是部游戏之作，况且这本小说还受到其雏形——劳伦斯·斯特恩的《项狄传》——的极大影响。

5

常听人说，小说已穷尽一切的可能性了。我的想法恰恰相反，在它四百年的历史里，小说漏失了诸多可能性：小说仍然留下许多我们不曾探索过的盛大场景、许多被我们遗忘的途径、许多人们未曾理解的召唤。

劳伦斯·斯特恩的《项狄传》正是一股遭人遗忘的重要推动力。小说的历史对塞缪尔·理查逊的写作模式所做的探索可说是淋漓尽致——在"书信体小说"的形式里，塞缪尔·理查逊发掘了小说艺术在心理层面的可能性。相对地，小说的历史对于斯特恩的创作所蕴含的观点，却仅赋予极少的注意。

《项狄传》是一部游戏小说。斯特恩在小说主人翁的胎儿期和诞生的这段日子驻足良久，为的是要肆无忌惮，并且近乎一劳永逸地抛开主角生活的故事；斯特恩和读者聊到天南地北，迷失在无穷无尽离题的话语里；斯特恩开始述说一段没完没了的插曲；斯特恩然后在小说的中间插入卷首的题献和序言；诸如此类。

总之，斯特恩并不在行动的一致性——就小说的概念本身而言，我们自然而然地将之视为小说固有的原则——之上构筑故事。小说作为一场充满虚构人物的精彩游戏，对斯特恩来说，是开拓形式的无限自由。

为了替劳伦斯·斯特恩辩护，一位美国的评论家写道："Tristram Shandy，although it is a comedy，it is serious throughout."（"虽然《项狄传》是出喜剧，但这出戏从头到尾都很严肃。"）天哪，请告诉我，一出严肃的喜剧是什么模样，而不严肃的喜剧又是如何？这位评论家的话是空洞无义的，然而这句话却毫无保留地泄漏了充斥于文学评论的一种心态——那种面对一切非严肃事物所产生的恐慌。

不过我还是非说不可：从来没有哪一本称得上小说的作品，会把这个世界当回事。"把这个世界当回事"又是什么意思？这不正是说：信仰这个世界想要让我们相信的。而从《堂吉诃德》到《尤利西斯》，小说一直在做的，正是对这个世界要我们相信的事情提出质疑。

或许有人会这么说：小说可以一方面拒绝信仰这个世界要我们相信的事，同时却又保有对于它本身信奉的真理之信仰；小说可以既不把世界当回事，却又严肃地看待自己。

究竟"严肃看待一件事"是什么意思？严肃就是信仰自己想让别人相信的事情吗？

事情不是这样的，这不是《项狄传》这本书要说的；这本书（容我再借用一下那位美国评论家用过的字眼），throughout，从头到尾，完全是非严肃的；它什么也没打算让我们相信——既没打算让我们相信其人物的真实性，也没打算让我们相信作者的真实性，遑论作为文学类型的小说的真实性——一切都被画上问号，一切都被质疑，一切都是游戏，一切都是消遣（并且不以消遣为耻），而这一切所衍生出来的，正是小说的形式。

斯特恩发现了小说无限游戏的可能性，也因此开辟了一条发展小说的新道路。但是，没有人听见他的《邀游》，没有人跟随他的脚步，没有人——只有狄德罗。

只有狄德罗一人独自感受到这新的召唤。当然，若以此为由而否定其原创性是非常荒谬的。没有人会因为卢梭、拉克洛、歌德（这些作者以及整个小说创作的发展史）受到老迈天真的理查逊诸多启发，而否定他们的原创性。斯特恩和狄德罗之间的相似性之所以如此令人印象深刻，那是因为他们共同的事业在小说史上确实相当独特。

6

事实上，《项狄传》和《宿命论者雅克和他的主人》之间的差异，并不比其间的相似之处来得少。

首先是平均律的差异：斯特恩是缓慢的，他的写作方式是渐慢的，他的透视法是微观的（他懂得如何让时间停下脚步，也知道如何让短暂的一刻从生命中分离出来，就像后来詹姆斯·乔伊斯的手法）。

狄德罗则是快速的，他的写作方式是渐快的，透视法是远观的（我从未看过哪一本小说的开头比《宿命论者雅克和他的主人》的最初几页更令人着迷：高明的调性转换和节奏感，以及开头几句话呈现出来的极快板）。

其次是结构的差异：《项狄传》是单一叙事者的独白，也就是项狄的自言自语。斯特恩细致地描绘了故事主角让人捉摸不透的一切怪异想法。

而在狄德罗的作品里，五位叙事者一边互相打断彼此的话，一边叙述着小说本身的故事：作者本身（和他的读者对话）、主人（和雅克对话）、雅克（和他的主人对话）、客栈老板娘（和她的听众对话）以及阿尔西侯爵。书中主导重要情节发展的是对话（狄德罗的绝妙手法是独一无二的），叙事者甚至以对话的形式来转述这些对话（这些对话被包装在对话里），使得通篇小说成了无边无际的高声对谈。

此外，还有精神上的差异：斯特恩牧师的书，呈现的是一种处于放荡和情感之间的妥协，是身处维多利亚时代充满腼腆气息的候见室里，对那种拉伯雷式的欢乐的怀旧情思。

狄德罗的小说则爆发着一种既鲁莽又不自我设限的自由，以及丝毫不托词于情感的色情。

最后则是写实式幻想程度上的差异：斯特恩混淆了时间顺序，但事件仍然和时间、地点紧紧联系。人物虽然怪异，却具备了一切条件，让我们相信其存在的真实性。

狄德罗创造的则是一个小说史上前所未有的空间：一个无背景的舞台：他们打哪儿来？我们不知道。他们叫什么名字？与我们无关。他们多大岁数？别提了，狄德罗从来不曾试图让我们相信，他小说中的人物存在于真实世界的某个时刻。在世界小说的历史上,《宿命论者雅克和他的主人》是对写实式幻想和心理小说美学最彻底的拒绝。

7

《读者文摘》的做法忠实地反映了这个时代的主流，也让我意识到了一件事：总有一天，所有过去的文化都会被完全重写，被完全遗忘在它们的改写背后。小说名著改编成的电影和戏剧，也不过是《读者文摘》的分身罢了。

我无意主张艺术作品乃圣洁不可冒犯。大家都知道，莎士比亚也重写了许多别人的创作，但是他并没有去改编什么东西。他所做的，是把别人的创作拿来当作自己变奏的主旋律，而在其间，

他仍是独立自主的作者。狄德罗则是向斯特恩借用了一整段关于
雅克膝盖受伤、被送上双轮马车，然后由美女照料的故事。此刻，
他既未模仿斯特恩，也未做任何改编，他做的是依着斯特恩的主
旋律写了一曲变奏。

　　相反地，我们在剧场、在电影院看到的那些出自《安娜·卡列
尼娜》的移调作品正是改编之作，也就是说，这些都是原著的简
本。改编者越想让自己隐身于小说背后，就越容易背叛这部小说。
在简化的过程中，改编者不仅使原著丧失了魅力，更剥夺了原著
的意义。

　　回过头来谈谈托尔斯泰：他以小说史上前所未见的手法，对
人类的行动提出根本的问题；他发现人在作决定的时候，无可避
免地存在许许多多无法以理性解释的因素。安娜为何自杀？像这
样的问题，托尔斯泰直接诉诸近乎乔伊斯式的内心独白，呈现出
一连串于阴暗之处操弄着女主角的非理性动机。然而，与《读者
文摘》如出一辙的是，每回有人改编这部小说，总是试图要将安

娜的行为动机变得清楚而合乎逻辑，试图将安娜的行为动机合理化；改编的作品就这样干净利落地扼杀了小说的原创性。

我们也可以反过来说：倘若小说经历了改写其内涵却毫发无伤，这无异于间接说明了这部小说的价值平庸无奇。但无论如何，在世界文学的领域中，有两部小说是绝对无法简化的，也是全然地无法改写的，那就是《项狄传》和《宿命论者雅克和他的主人》。这两部书中的紊乱巧妙至极，我们如何将之简化，同时又保留些许紊乱的精神呢？还有，该保留些什么呢？

当然，我们可以将拉宝梅蕾夫人的故事抽离出来，单独做成一出戏或是一部电影（事实上也有人这么做了）。但我们得到的不过是一则魅力全失且平淡无趣的轶闻。究其实，这则故事本身的美感与狄德罗的叙事方法是牢不可分的：一、一位平民妇女叙述在某个无名之地所发生的事；二、由于故事不停地被其他的轶事和台词鲁莽地打断，因此一般情节剧的人物关系在此是无从成立的；而且，三、故事也不断地被评论、分析、探讨；然而，四、每个评论者从拉宝梅蕾夫人的故事 —— 一出反道德剧 —— 所得出的结论却都大异其趣。

您若问我为何要就这些事长篇大论？那是因为我想和雅克的主人一起大喊："人家写好的东西，胆敢把它重写的人去死吧！最好把这些人通通都阉掉，顺便把他们的耳朵也割下来！"

<h2 style="text-align:center">8</h2>

当然，这也是为了说明《雅克和他的主人》不是一部改编的作品；这是我自己的剧作，是我自己的"变奏狄德罗"，孕育于仰慕之情的作品，或许我们也可以说这是"向狄德罗致敬"的一出戏。

这个"变奏式的致敬"是一场多重的风云际会：不仅是两位作家的相遇，也是两个时代的汇聚，更是小说和戏剧的交会。在此之前，戏剧作品的形式和规范性总是比小说严谨许多。戏剧世界里从来没有出现过劳伦斯·斯特恩。小说家狄德罗发现了如何自由运用形式，而剧作家狄德罗却对此一无所知。我将这种自由交付给我的喜剧作品，借此"向狄德罗致敬"，也"向小说致敬"。

这出戏的结构是这样的：以雅克和主人的旅行作为一个摇摇欲坠的主轴，铺陈出三则情史：主人、雅克和拉宝梅蕾夫人的三个爱情故事。主人和雅克的两则爱情故事或多或少还跟他们的旅行扯得上一点关系（雅克的故事和旅行的关系几乎是微乎其微的）；而占据了整个第二幕的拉宝梅蕾夫人情史，就技术的观点而言，则是一段不折不扣的插曲（这则故事和主要情节完全无关）。这种处理方式相当明显地违背了所谓戏剧结构的法则，然而正是在这里，我的主张清楚地呈现出来：

舍弃严谨的情节一致性，而以巧妙的方法重塑整体的协调性，亦即借助于复调曲式（三则故事并非一则说完再说另一则，而是交陈杂叙的）以及变奏的技巧（事实上，三则故事互为变奏）。（因此，这曲"变奏狄德罗"同时也是"向变奏的技巧致敬"的作品。我于七年之后写就的小说《笑忘录》，其旨趣亦复如是。）

9

对一个七十年代的捷克作者来说，想到《宿命论者雅克和他的主人》（也是在某个七十年代写就的）从未在其作者有生之年付印，只有手抄本秘密地流传于某些特定的读者之间，这感觉的确很怪。在狄德罗的时代，作品遭到查禁并非常态，然而在两百年后的布拉格，这竟然成为所有捷克重要作家的共同命运。印刷厂将这些作家扫地出门，他们只能以打字本的形式看到自己的作品。此景始于俄军入侵，至今不曾改变，而一切迹象也显示，这种情况还会持续下去。

　　写作《雅克和他的主人》是为了我个人的乐趣，或许还隐隐约约怀抱着一个念头：说不定有一天可以借个名字，将这出戏搬上舞台，在捷克的某个剧场里演出。代替作者署名的是我散置于字里行间（这又是一场游戏，一曲变奏）几许和旧作有关的回忆：雅克和主人这一对，是《永恒欲望的金苹果》(《好笑的爱》)里那两个朋友的翻版；戏里有关于《生活在别处》的暗喻，也影射到《告别圆舞曲》。是的，都是些回忆；整出戏正是要向作家的生涯告别，一个"娱乐式的告别"。约莫在同一时期完成的《告别圆舞曲》本来很可能是我的最后一部小说，然而在此期间，我却丝毫不觉遭遇挫折的苦涩，只因为个人的告别杂缠交错着另一无垠无际撼动人心的赋别仪式：

　　在俄罗斯黑夜无尽的幽暗里，我在布拉格经历了西方文化的骤然终结，那孕育于现代初期、建立在个人及其理性之上、建立在多元思想及包容性之上的西方文化，我在一个小小的西方国度里，经历了西方的终结。是的，正是这场盛大的赋别。

10

一天，堂吉诃德同他目不识丁的土包子仆人一道离开家门，去和敌人作战。一百五十年后，托比·项狄把他的花园当作假想的战场；他在花园中沉湎于好战的青春回忆里，他的仆役特里姆则忠心耿耿地随侍在侧。特里姆跻踔于主人身旁，正如同十年之后在旅途上取悦主人的雅克，也和其后一百五十年，奥匈帝国的勤务兵约瑟夫·帅克一样多话又固执，而帅克的角色也同样让他的主人卢卡什中尉既开心又担惊。再过三十年，贝克特《最后一局》里的主人与仆役已然孤独地站在空旷的世界舞台之上。旅行至此告终。

仆役与主人横跨了整部西方的现代史。在布拉格，神圣的上帝之城，我听见他们的笑声渐行渐远。怀抱着爱与焦虑，我始终珍惜这笑声，一如人们对于注定稍纵即逝的事物之眷恋。

一九八一年七月，巴黎。

雅克和他的主人

人物表

雅克

雅克的主人

客栈老板娘

圣图旺骑士

老葛庇①

小葛庇

朱丝婷

侯爵

母亲

女儿

阿加特

警局督察

法官

客栈伙计

---

① "葛庇"原文为"Bigre",按音译应为"俾格",但"bigre"在法文里有轻微惊叹、咒骂之意，在叫唤名字的同时，有某种谐音的趣味。本译文取粗话"嗝屁"之谐音，译为"葛庇"。

　　本剧演出应无幕间休息；为了让三幕的曲式清楚呈现，我想象幕与幕之间以片刻黑暗或短暂幕落作为区隔。

　　尼古拉·布里昂松的舞台调度（巴黎，一九九八～一九九九）十分杰出，其间没有中断，然而三幕剧就像三个乐章构成的一首协奏曲，以气氛和速度清晰地区别开来：第一幕，快板；第二幕，在客栈，活泼的，喧哗，酒醉，笑声；接着客栈消失了，舞台上只剩两个孤零零的流浪者：最后一幕的缓板。

　　我想象雅克是个至少四十岁的男人。他和主人年龄相仿，或稍长。

　　布景：整出剧的舞台布景不变。舞台分为两部分：前半部较低；后半部较高，是个大平台。所有和现在有关的情节都在舞台前端演出；与过去有关的部分，则在后半部加高的大平台上演出。

　　舞台的最深处（也就是在加高的部分）有楼梯（或梯子）通往

平台上的阁楼。

大部分时间，舞台（应该尽可能简单抽象）完全是空的。只有在特定几个小节里，演员自己搬来椅子、桌子等。

布景必须避免一切装饰性、特定典型或是象征性的元素。这些元素与本剧精神不符。

故事发生在十八世纪，不过，那是今日我们所梦想的十八世纪。因此，本剧的语言并非昔时语言的重现，在布景和服装上亦不可强调十八世纪的历史特色。人物的历史性虽毋庸争议（尤其是两位主角），但应使其多少有些模糊难辨。

二十世纪与十八世纪（这两个世纪的精神）的对比悄然贯穿本剧。为了让这样的对比清晰且恰如其分地呈现，本剧的演出必须尽其所能地忠于剧本。

第一幕

第一场

〔雅克和他的主人进场；两人走了几步，雅克将目光
停驻在观众身上；雅克停下脚步……

雅克　（小心翼翼地）主人……（指着台下观众给他的主人
看）他们干吗全盯着我们看？

主人　（紧张得抖了抖身子，整整衣服，仿佛害怕衣着上
的一点疏忽会引起人家的注意）就当那儿没人吧。

雅克　（对观众）你们就不能看看别的地方吗？那好，你们
要干吗？问我们打哪儿来？（他把手臂伸向后方）我
们打那儿来的。什么？还要问我们要到哪儿去？
（带着一种意味深远的轻蔑）难道有人知道自己要到
哪儿去吗？（对观众）你们知道吗？啊？你们知道自
己要到哪儿去吗？

主人　我好害怕，雅克，我好怕去想我们要到哪儿去。

雅克　您在害怕？

主人　（愁眉苦脸地）是啊！不过我不想跟你说我那些倒霉
　　　　事儿。

雅克　主人，请相信我，从来就没有人知道自己要到哪儿
　　　　去。不过，就像我的连长说的，一切都是上天注
　　　　定的。

主人　他说得还真有道理……

雅克　但愿魔鬼把朱丝婷叉死，然后，把那个让我失去贞
　　　　操的烂阁楼也一起毁了吧！

主人　雅克，你没事诅咒女人干吗呢？

雅克　因为我失去贞操以后喝得烂醉，我父亲简直气疯
　　　　了，他气得把我狠狠揍了一顿。那时候，一支军队
　　　　刚好从附近经过，我就这样去当了兵。后来，在一
　　　　场战争里，我的膝盖吃了一颗子弹，一连串的艳遇

就这样开始了。要是没有那颗子弹，我看我是根本
不可能坠入情网的。

主人　你是说你有过恋爱的经验？你怎么从来没跟我提过
这件事呢？

雅克　我从来没跟您提过的事情还多着呢。

主人　好哇！你是怎么开始恋爱的？快说！

雅克　我说到哪儿了？喔，对了，我说到膝盖里的那颗子
弹。那时候，我被压在一堆死伤士兵的下面，人们
到了第二天才发现我没死，于是把我扔到一辆双
轮马车上，向医院驶去。那条路的状况糟得很，只
要一路上有一点点颠簸，我就痛得哇哇大叫。突然
间，马车停了下来，我要他们放我下车。那是一座
村庄的尽头，有个年轻女人站在一幢茅屋的门前。

主人　啊，故事终于要开始了……

雅克　那女人回到屋子里，拿了一瓶酒出来给我喝。他们

本来想把我再弄回马车上，但是我紧紧抓住那女人的裙子不放，后来我就失去意识了。醒过来的时候，我已经在那女人家里了，她丈夫和孩子都围在床边，而她正在帮我敷药。

主人　混蛋！我可看清你了。

雅克　您可什么也没看清。

主人　这个男的收容你住在他家，而你竟然用这种方式来回报他！

雅克　主人，难道有人可以为他自己做的事情负责吗？我的连长常说，我们在人世间所遭遇的一切幸与不幸都是上天注定的。您知道有什么方法可以把已经注定好的东西擦掉吗？主人，请告诉我，难道我可以不要存在吗？我可以去当别人吗？还有，如果说，我已经是我了，我还能不去做该我做的事情吗？啊？

主人 有一件事情我搞不懂。是因为上天这么注定，所以
你是个混蛋呢，还是因为上天知道你是个混蛋，所
以才这么注定？到底哪一个是因，哪一个是果？

雅克 这我也不知道，不过，主人，请不要说我是混蛋。

主人 你这个让恩人戴绿帽子的人。

雅克 还有，也请您别把那个男人说成是我的恩人。您该
去看一看那个男人是怎么糟蹋他老婆的，就因为她
对我动了侧隐之心。

主人 他做得倒是没错……雅克，这个女人长得怎么
样？快说给我听！

雅克 那个年轻的女人？

主人 没错。

雅克 （无法确定地）中等身材。

主人 （不甚满意地）嗯……

雅克 比中等身材稍微高一点……

主人　（颇表赞同地点着头）稍微高一点。

雅克　对，稍微高一点。

主人　这个我喜欢。

雅克　（用双手比划了一下）迷人的胸部。

主人　她屁股比胸部大吧！

雅克　（无法确定地）没有，还是胸部比较大。

主人　（愁眉苦脸地）真可惜。

雅克　您比较喜欢屁股大的？

主人　对……就像阿加特那样……那她的眼睛呢？长什么样子？

雅克　她的眼睛？我不记得了。不过她的头发是黑色的。

主人　阿加特的头发是金色的。

雅克　主人，要是她跟您的阿加特长得不像，我也没办法，不管她长什么样子，您都得照单全收。不过，她那双腿倒是又修长又漂亮。

主人 （想得出了神）修长的双腿。你真会逗我开心哪！

雅克 还有丰满的屁股。

主人 丰满？你没开玩笑？

雅克 （比划了一下）就像这样……

主人 啊！你这个混账东西！你愈说我就愈想要她，可她是你恩人的老婆，你竟然把她……

雅克 没有的事儿，主人。我跟这个女人之间，什么事也没发生。

主人 那你跟我说这些干什么？我们干吗在她身上浪费时间？

雅克 主人，您打断了我的话，这个习惯非常糟糕。

主人 可是这女人已经弄得我心痒了……

雅克 我跟您说我躺在床上，膝盖里有一颗子弹害我痛苦不已，而您却满脑子邪念。还有，您一直把我的故事跟那个什么阿加特的故事搞在一起。

主人　不要提这个名字。

雅克　是您先提起这个名字的。

主人　你有没有过这种经验？你疯狂地想要得到一个女
　　　人，而她却一点儿也不在乎，连理都不理你！

雅克　有啊！朱丝婷就是这样。

主人　朱丝婷？那个让你失去贞操的女人？

雅克　一点儿也没错。

主人　快说来听听……

雅克　主人，还是您先说吧。

第二场

〔舞台深处的平台上，其他人物已出现片刻。小葛庇
坐在楼梯上，朱丝婷站在他前面。舞台的另一头是另
外一对：阿加特坐在圣图旺骑士帮她拿来的椅子上，

圣图旺骑士站在她身旁。

圣图旺　（呼唤着主人）喂！我的好朋友！

雅克　（和主人一同转过身来，然后朝着阿加特的方向点点头）是她吗？（主人示意说对）她旁边那个男人又是谁？

主人　他是我朋友，圣图旺骑士。就是他介绍阿加特给我认识的。（以眼神示意，指着朱丝婷）那，那边那个女人，是你的啰？

雅克　是啊，不过我比较喜欢您的。

主人　我呢，我比较喜欢你那个，她比较有肉。你不想交换看看吗？

雅克　要换的话，当初就该先想好，现在才说已经太迟了。

主人　（叹了一口气）是呀，是太迟了。咦，那个家伙又是谁？

雅克　　他叫做葛庇，是我朋友。我们俩都想要得到这个女
　　　　孩，但不知为什么，后来是他得到了，而不是我。

主人　　跟我一样。

圣图旺　（慢慢走近站在平台边缘的主人）老兄，你也太招摇
　　　　了吧，做父母的总是会担心别人闲言闲语……

主人　　（转向雅克，愤慨地）这些卑鄙市侩的家伙！我送给
　　　　阿加特的礼物堆积如山，这些礼物倒从来不会碍到
　　　　他们！

圣图旺　不是，不是，事情不是这样的！他们很尊重你啊，
　　　　他们只是希望你能说清楚将来有什么打算，不然，
　　　　你就不该再去他们家了。

主人　　（愤慨地，对雅克）我一想到就气，带我去那女人家
　　　　的就是他！在那儿敲边鼓的也是他！跟我保证说那
　　　　女人很容易上钩的还是他！

圣图旺　我的好朋友，我只是受人之托带个口信罢了。

主人　（对圣图旺）很好。（在平台上向前走）我就托你去告诉他们，别指望把结婚戒指套在我手上。也请你告诉阿加特，如果她想留住我，以后就得加倍温柔地对我。我不想在她身上浪费时间、浪费钱，要花啊，我花在别人身上还管用些。

〔圣图旺听完雅克的主人所交代的事，俯身行礼，转身走回阿加特身边。

雅克　干得好！主人！我就是喜欢您这样！这回您总算是争了一口气！

主人　（在平台上，对雅克）我有时候是这样子的啊。后来我就没再去看她了。

圣图旺　（朝主人走来）我把您交代的事一字不漏地告诉他们了，不过，我觉得您似乎太残忍了点儿。

雅克　　我们家主人？他会残忍？

圣图旺　（对雅克）闭上你的狗嘴，奴才！（对主人）您的沉默

　　　　可把他们都吓坏了。而阿加特……

主人　　阿加特怎么啦？

圣图旺　阿加特哭了。

主人　　她哭了。

圣图旺　阿加特哭了一整天。

主人　　所以，圣图旺，您的意思是说我该出现啰？

圣图旺　错了！你不能再让步了。如果你现在回去，那就全

　　　　盘皆输了。这些市井小民，是该给他们一点教训。

主人　　可是如果他们不来找我了呢？

圣图旺　他们会来找你的。

主人　　要是这样子拖太久了呢？

圣图旺　你到底想当主人还是想当奴隶？

主人　　可是她在哭啊……

圣图旺 她哭总比你哭好啊。

主人 如果她从此不来找我了，我该怎么办哪！

圣图旺 我跟你保证，她会再来找你的。你得好好利用这个机会，让阿加特知道，你不会任她摆布，她得对你多用点儿心才行……不过，你老实说……我们的交情够好吧！你敢不敢发誓赌咒，说你跟她之间什么事都没发生过？

主人 敢哪，我们之间什么事也没有。

圣图旺 你的谨言慎行会使你受到尊重。

主人 唉，我说的可是千真万确的。

圣图旺 这怎么可能呢？她从来就没有过片刻的软弱吗？

主人 从来没有。

圣图旺 我只怕你的所作所为像个傻子啊，老实人很容易这样的。

主人 您呢？圣图旺，您呢？您从来就没有想过要得到她吗？

圣图旺　当然想过。可是你出现了，从此我对阿加特来说，就好像不存在似的。我们之间一直维持着好朋友的关系，仅止于此。现在，只有一件事可以让我感到欣慰，那就是让我最要好的朋友与她共度良宵，这样的话，跟我自己去做也没什么两样。请相信我，只要能把你送到她床上去，要我做什么都可以。

〔说话的同时，圣图旺向舞台深处走去，走向一直坐在椅子上的阿加特。

雅克　主人，您知道我听您说话的时候，有多专心吗？我连一次都没有打断过您。如果您能拿我当榜样就好了。

主人　你没事在那儿自吹自擂，说是没打断过我，其实就是为了要把我的话打断。

雅克 我打断您说的话，那是因为您给我作了坏榜样。

主人 身为主人，只要我高兴，我就有权打断仆人的话，可是我的仆人无权打断他主人的话。

雅克 主人，我可没打断您的话，我只是在跟您说话，您不是一直希望我这么做吗？而且，我要跟您说的是我的想法：我一点儿都不喜欢您的朋友，我敢打赌，他想让您娶他的女朋友。

主人 够了！我什么事都不会再告诉你了！（他怒气冲冲地从平台上走下来。）

雅克 主人！拜托啦！请您继续说下去！

主人 再说下去有什么用！反正你的观察力这么敏锐，这么自以为是又没有品味，你什么事都可以未卜先知嘛。

雅克 您说得没错，主人，不过还是请您继续说下去。即使我猜到了什么，那也不过是一般故事的情节罢

了。我可没法儿想象，您和圣图旺谈话的时候，会
有什么精彩的细节；也没法儿想象，故事里还有哪
些让人无法捉摸的情节。

主人　你已经把我惹火了，我不会再说了。

雅克　求求您好不好。

主人　想要求和的话，那就换你来说故事，而我，我什么
　　　时候高兴，就什么时候把你的话打断。我想知道
　　　你是怎么失去贞操的。还有，我可把丑话说在前
　　　头，你第一次做爱的场面一开始，我就会打断你好
　　　几次。

第三场

雅克　您高兴就好，主人，您有权这么做。请看吧！（他
　　　转身指着楼梯，朱丝婷和小葛庇正爬上楼梯；老葛

庇站在楼梯底下。)我的教父老葛庇在他的修车房
里，楼梯上去是阁楼，床就在阁楼上，我朋友小葛
庇也在那儿。

老葛庇　（朝着阁楼上破口大骂）葛庇！葛庇！你这个该死的
懒骨头！

雅克　老葛庇一向睡在他的修车房里，每当他熟睡的时
候，他儿子就会偷偷打开门，让朱丝婷从小楼梯爬
上阁楼。

老葛庇　教堂早上读经的钟都敲过了，你还在那儿打呼。你
要我拿扫帚上去把你轰下来是不是！

雅克　前天晚上，小葛庇和朱丝婷纵欲过度，结果早上爬
不起来。

小葛庇　（在阁楼上）爸爸！不要生气嘛！

老葛庇　我们早该把车轴给那种田的送过去了！动作快
一点！

小葛庇　我这就来了！（他一边扣上长裤的扣子一边下楼。）

　主人　结果朱丝婷就下不来了，对不对？

　雅克　是啊，她是被困住了，主人。

　主人　（放声大笑）她大概被吓得一身汗吧！

老葛庇　自从他迷上这个不正经的女人，整天就只想睡觉。要是她值得人爱的话也就算了，可她是个不折不扣的小贱货啊！要是我那可怜的老婆还在的话，她望完大弥撒走出教堂的时候，早就把她儿子给痛打一顿，再把那个小贱货的眼珠给挖出来了。可是我，我却像个呆子似的忍受这一切；今天，我实在忍无可忍了！（对小葛庇）把车轴给我扛起来，送去给那个种田的！（小葛庇扛着车轴离去。）

　主人　这些话，朱丝婷在楼上全都听到了吗？

　雅克　当然啰！

老葛庇　真要命，我的烟斗跑哪儿去了？一定是葛庇这个废物拿去用了！我去看看在不在楼上。

〔老葛庇爬上楼梯。

主人　那朱丝婷呢？朱丝婷呢？

雅克　她躲到床底下去了。

主人　那小葛庇呢？

雅克　他送完车轴就跑到我家！我跟他说：你先去村子里
　　　走一走，你父亲就交给我，我会想办法让朱丝婷找
　　　机会跑出来。不过你得给我多一点时间。

〔雅克走上平台。主人在一旁笑着。

雅克　您在笑什么？

主人　没什么。

老葛庇　（从阁楼上走下来）我的教子，真高兴看见你呀！这
　　　　么一大早，你打哪儿跑出来的？

雅克　　我正要回家去。

老葛庇　唉！孩子啊，孩子，你成了个浪荡子喽！

雅克　　这我不能否认。

老葛庇　我真担心，你该不会跟我儿子一样给人迷得魂不守
　　　　舍了吧！你竟然会在外头过夜！

雅克　　这我不能否认。

老葛庇　你是不是在妓女家里过的夜？

雅克　　是呀。不过这话可绝不能跟我父亲说。

老葛庇　是不能跟他说，他不狠狠揍你一顿才怪。换作是我
　　　　儿子，我也会好好修理他。别说了，来吃点东西
　　　　吧，酒喝下去你就知道该怎么做了。

雅克　　我喝不下呀，教父，我困得要命，都快倒下去了。

老葛庇　看得出来，你是把力气都用光了，希望那女人值得

你花这么多力气！好啦，咱们别聊了。我儿子不
在，你就上楼去睡吧。

〔雅克爬上楼梯。

主人　（向着雅克大叫）叛徒！卑鄙无耻的东西！我早该想
　　　到你会这么做……

老葛庇　啊，这些孩子！……这些不肖子！……（阁楼上传
　　　来一些奇怪的声音，还有一些闷住的叫声）这小伙
　　　子，他在做梦哪……看得出来，他昨晚一定过得
　　　很不安稳。

主人　他哪是在做什么梦！他什么梦也没做！他在恐吓朱丝
　　　婷哪！朱丝婷用力抵抗，但又怕被老葛庇发现，所以
　　　只好忍住不出声。你这个混蛋！该判你个强奸罪！

雅克　（在阁楼上）主人，我不知道这样算不算强奸，我只

知道，不管对她还是对我来说，感觉都还不坏。她

只要我答应她一件事……

主人　她要你答应什么事？你这个无耻的混蛋！

雅克　她要我什么都别告诉小葛庇。

主人　你只要答应她，一切就没问题了。

雅克　还有更好的呢！

主人　你们做了几次？

雅克　很多次，而且一次比一次感觉更好。

　　　　　　　　　　　　　　　　〔小葛庇回到家里。

老葛庇　你到哪里去晃了这么久？把这个轮框拿到外面去。

小葛庇　为什么要拿到外面去？

老葛庇　不然会吵醒雅克。

小葛庇　雅克？

老葛庇　对呀，雅克。他在上面睡得都打呼了。唉！我们这
　　　　些当父亲的真可怜。你们全是一个样啊！好啦，快
　　　　去吧，你还杵在那儿干什么？

　　　　　　　　　　　〔小葛庇冲向楼梯，准备上楼去。

老葛庇　你要去哪儿？你就不能让那可怜的孩子好好睡个
　　　　觉吗！
小葛庇　（大声）爸爸！爸爸！
老葛庇　雅克已经累得快死了！
小葛庇　让我过去！
老葛庇　滚开！你睡觉的时候，喜欢人家把你吵醒吗？
　主人　那朱丝婷什么都听到了吗？
　雅克　（坐在楼梯最上面的阶上）就像您现在听我说话一样
　　　　清楚。

主人　噢！真是太妙了！我实在太佩服你这个混蛋了！你
　　　呢？你那时候在干吗？

雅克　我在笑啊。

主人　你这家伙真该被送上绞刑台！那朱丝婷呢？她在
　　　干吗？

雅克　她扯着自己的头发，绝望地望着天，不停地扭动
　　　手臂。

主人　雅克，你真是野蛮，真是铁石心肠啊。

雅克　（从阶梯上走下来，十分严肃地）不，主人，我不
　　　是这样的人。我很有同情心，不过，只有在比较恰
　　　当的时刻，我才会发挥同情心。那些滥用同情心的
　　　人，等到该用的时候就没有了。

老葛庇　（对雅克）啊！你下来啦！有没有睡好啊？你是该好
　　　好睡一觉的！（对他儿子）他跟刚出生的小婴儿一样
　　　有精神呢！去酒窖里拿瓶酒来。（对雅克）你现在一

定很想吃东西吧！

雅克　当然想啰！

　　　　　　〔小葛庇去拿了一瓶酒，然后老葛庇斟了三杯酒。

小葛庇　（推开他的杯子）这么一大早的，我不渴。

老葛庇　你不想喝吗?

小葛庇　不想。

老葛庇　啊！我知道是怎么回事了。(对雅克)哼，一定是朱
　　　　丝婷。他在外头晃那么久，一定是晃到她家去，然
　　　　后撞见她跟别人在一起。(对小葛庇)活该！我早就
　　　　跟你说过她根本是个妓女！(对雅克)看看这家伙，
　　　　这瓶酒又没错，干吗跟酒过不去！

雅克　我想您猜得没错。

小葛庇　雅克，别开这种玩笑了。

老葛庇　他不想喝的话，我们可要喝了。（举起酒杯）干杯，

　　　　　我的教子……

　雅克　（举起酒杯）干杯……（对小葛庇）我的好朋友，跟

　　　　　我们一起喝嘛。那么一点儿小事，没什么好生气的。

小葛庇　我已经说过我不喝了。

　雅克　你会再见到她，这件事也会烟消云散，没什么好心

　　　　　烦的。

老葛庇　我才不信事情有这么简单呢，她把他整死的话最

　　　　　好！……好啦，现在我得带你回去见你父亲，让他原

　　　　　谅你翘家这档子事。唉！你们这些不肖子啊！都是一

　　　　　个样！你们这些没出息的家伙……好啦，我们走吧。

〔老葛庇挽着雅克的手臂，一同慢慢离去。小葛庇爬
上阁楼的楼梯。雅克和老葛庇走了几步之后分开，雅
克走下平台，向主人走去。此时，老葛庇退场。

主人　这个小故事实在太妙了！它让我们更了解女人，也更了解朋友。

　　　　　　〔在平台上，圣图旺骑士慢慢地向主人走来。

雅克　或许您还真的相信，有机可乘的时候，朋友会对您的情妇无动于衷。

第四场

圣图旺　我的朋友！我亲爱的朋友！请过来……（圣图旺站在平台边上，将手臂伸向站在平台底下的主人。主人爬上平台与圣图旺会合。）啊！我的朋友，能够拥有一个让人感受真挚情谊的朋友，是多么令人感动的事啊……

主人　圣图旺，您让我太感动了。

圣图旺　是啊，您是我最好的朋友，而我啊，我的朋友……

主人　您怎么了？您也一样啊，您也是我最好的朋友。

圣图旺　（摇头）我的朋友，只怕您还不知道我是怎么样的一个人哪。

主人　我了解您就像了解我自己一样。

圣图旺　如果您真的了解我，您就会希望不曾认识过我……

主人　快别这么说。

圣图旺　我是个卑鄙无耻的小人哪！是啊，没有比这更恰当的形容词了。正因为如此，我必须在您面前坦承：我是个卑鄙无耻的小人。

主人　我不许您在我面前侮辱自己！

圣图旺　我是个卑鄙无耻的小人！

主人　您不是！

圣图旺　　我是!

　主人　　(在圣图旺骑士面前单膝跪下)请别再说了,我的朋
　　　　友。您说的话把我的心都弄碎了,到底有什么事困
　　　　扰着您? 有什么事让您如此自责?

圣图旺　　在我过去的生命里有个污点,就那么一个污点,是
　　　　的,只有一个污点,可是……

　主人　　您瞧,不过是个污点,那是什么样的污点呢?

圣图旺　　一个足以让我终生蒙羞的污点。

　主人　　有道是瑕不掩瑜,单单一个污点就像完全没有污点
　　　　一样。

圣图旺　　啊! 这是不可能的。虽然只是绝无仅有的一个污
　　　　点,但是这个污点实在太可怕了。我,圣图旺,我
　　　　曾经背叛,是的,我曾经背叛过我的朋友!

　主人　　怎么说呢? 这事怎么发生的?

圣图旺　　我们两人同时和一个女孩子交往,我朋友爱上这个

女孩，但这女孩却爱上了我。我朋友花钱供养这女孩，但得到好处的却是我。我从来就没有勇气把真相告诉他，不过，我总是得告诉他的。如果我遇见他，我一定要把一切都说出来，我一定要把事情的真相都告诉他，这样我才能从那可怕的秘密里解脱出来，从那个让我痛苦不堪的秘密里解脱出来……

主人　您这么做是对的，圣图旺。

圣图旺　您也建议我这么做吗？

主人　是啊，我建议您这么做。

圣图旺　那您觉得我朋友会怎么想？

主人　他会被您的坦率与悔改所感动，他会紧紧地拥抱您。

圣图旺　您真的这么想吗？

主人　我是真的这么想。

圣图旺　换作是您，您也会拥抱我吗？

主人　我？那还用说吗？

圣图旺　（张开双臂）我的朋友，请你拥抱我吧！

主人　怎么啦？

圣图旺　请你拥抱我，因为我背叛的那个朋友，就是你。

主人　（沮丧地）阿加特？

圣图旺　是的……啊！您这是在责怪我！请您将刚才的话都收回去吧！好，好，您想怎么惩罚我，就请动手吧！您惩罚我是对的，我犯的错根本就不可原谅。请您放弃我！不要再理睬我！请您鄙视我！啊，如果您知道，那个下贱的女人把我弄成什么样子就好了！她逼我扮演如此龌龊的角色，让我多么痛苦啊……

第五场

（交错的对话）

　　　　　〔小葛庇和朱丝婷从梯子上走下来，并肩坐在最后一级台阶上。两人看起来都很沮丧。

朱丝婷　我发誓！我用我父母亲的性命担保，我说的都是
　　　　真的！

小葛庇　我永远都不会再相信你了！

　　　　　　　　　　　　　　　〔朱丝婷在一旁啜泣。

主人　（对圣图旺）那个下贱的女人！还有您！您，圣图
　　　　旺，您怎么可以……

圣图旺　不要再逼我了，我的朋友！

朱丝婷　我发誓，他碰也没碰过我一下！

小葛庇　你骗人！

主人　您怎么可以！

小葛庇　跟那个混蛋！

〔朱丝婷在一旁啜泣。

圣图旺 我怎么可以？因为我是天底下最卑鄙无耻的小人！我的朋友是世界上最善良的人，而我却那么无耻地背叛他。您问我为什么吗？因为我是个混蛋！一个不折不扣的混蛋！

朱丝婷 他不是混蛋！他是你的朋友啊！

小葛庇 （带着怒气）我的朋友？

朱丝婷 是啊！他是你的朋友，他真的连碰都没有碰我！

小葛庇 不要再说了！

圣图旺 没错，我是个不折不扣的混蛋！

主人 不要这样，不要再侮辱您自己了！

圣图旺 别管我！我要继续侮辱我自己！

主人 不管过去发生什么事，您都不该侮辱您自己。

朱丝婷　　他跟我说他是你的朋友，即使我跟他单独在荒岛
　　　　　上，他也不会对我怎么样。

　主人　　不要再折磨自己了。

小葛庇　　（动摇了）他真的这么说吗？

朱丝婷　　对呀！

圣图旺　　我要折磨我自己。

　主人　　我们两个都被那个小贱货给害了，您和我一样，都
　　　　　是受害者！是她勾引您的！您对我如此真诚，您刚
　　　　　才什么都告诉我了，您永远都是我的朋友！

小葛庇　　（开始相信了）即使是在荒岛上，他真的这么说吗？

朱丝婷　　对呀！

圣图旺　　我没有资格当您的朋友。

　主人　　您说的刚好相反，从现在开始，您更有资格当我的
　　　　　朋友了！您的自责和不安证明了您对我的友情。

小葛庇　　他真的说他是我的朋友，他真的说即使你们单独在

荒岛上，他也不能碰你？

朱丝婷　对呀！

圣图旺　啊，您实在太宽宏大量了！

主人　请拥抱我！

〔两人互相拥抱。

小葛庇　他真的说即使你们单独在荒岛上，他也不会碰你？

朱丝婷　对呀！

小葛庇　在荒岛上？他是这么说的吗？你发誓！

朱丝婷　我发誓！

主人　来，喝吧！

雅克　啊，主人，您真让人担心哪！

主人　为我们的友谊干杯，不管多放荡的女人，都破坏不了我们的感情。

小葛庇 即使在荒岛上。啊！我错怪他了，他是真正够义气
的好朋友啊！

雅克 主人，我觉得我们的风流韵事实在太像了。

主人 （从先前的角色里脱离出来）你说什么？

雅克 我说我们的风流韵事实在太像了。

小葛庇 雅克是真正的朋友。

朱丝婷 他是你最好的朋友。

圣图旺 现在，我只想要报复！这个贱女人欺骗了我们的感
情，我们要一起报复！您怎么说，我就怎么做！

主人 （被雅克的故事挑动，对圣图旺）待会儿再说吧。我
们待会儿再继续……

圣图旺 不，不！我们立刻就动手！只要您吩咐，我做什么
都好！您怎么打算，只要吩咐一声就行了。

主人 好哇，不过还是待会儿再说罢。我现在想看看雅克
的故事怎么收场。

〔主人走下平台。

小葛庇　雅克！

〔雅克跃上平台，走向小葛庇。

小葛庇　谢谢你。你是我最好的朋友。（小葛庇拥抱雅克。）
现在，请你拥抱朱丝婷。（雅克犹豫不前。）好了，
别害羞了，你可以当我的面拥抱她！我命令你！
（雅克拥抱朱丝婷。）我们三个人是世界上最好的朋
友，生死与共 …… 在荒岛上 …… 你真的不会碰她
吗？即使在荒岛上？

雅克　碰朋友的女人？你疯了不成？

小葛庇　你是最忠诚的朋友！

主人　下流坏子！（雅克闻声转向他的主人。）不过，要把我那档风流韵事说完，还早得很呢……

雅克　您戴绿帽子戴得还不过瘾吗？

小葛庇　（满心欢喜）一个是最贞洁的女人！一个是最忠诚的朋友！我幸福得跟国王一样。

〔说最后几句台词的同时，小葛庇和朱丝婷一同退场。圣图旺在舞台上多留了一会儿，听了一下第六场戏的前几句台词，随后也退场。

第六场

主人　我的风流韵事接着刚才那里，继续发展下去，而且结局很吓人，是所有风流韵事的结局里，最糟糕的那种……

雅克　最糟糕的结局是怎样？

主人　你想想看。

雅克　我会想一想……风流韵事最糟的结局会是什
么……不过，主人，我的风流韵事要说完，也还
早得很。我失去了贞操，我发现谁是最好的朋友。
所以，那天我实在太高兴了，结果我喝得烂醉，我
父亲狠狠地把我揍了一顿，一支军队刚好从附近经
过，我就这样去当兵了。作战的时候，我的膝盖吃
了一颗子弹，人们把我丢上一辆双轮马车，他们
在一间破房子前面停了下来，一个女人出现在门
口……

主人　这一段已经说过了。

雅克　您又要打断我的话吗？

主人　好，好，你继续！

雅克　我不干了！我不想一天到晚被打断。

主人 （不太高兴地）好啊。这样的话，我们就再走一段路
吧 …… 还有好长的路要赶呢 …… 真是要命哪，我
们怎么会没有马骑呢？

雅克 您别忘了，我们这会儿可是在舞台上啊，这里怎么
可能会有马！

主人 就为了一场可笑的演出，我竟然得用脚走路。可
是，那个创造我们的主人明明给了我们马呀！

雅克 这就是有太多主人的坏处，谁叫我们是给这么多主
人创造出来的。

主人 雅克，我常常问自己，我们算不算是好的产品。你
觉得那家伙把我们造得很好吗？

雅克 主人，谁是"那家伙"？在天上的那个吗？

主人 上天老早就注定，有一个人会在人间写我们的故
事，而我想问的是，这个人写得好吗？谁知道他是
不是多少有点天分哪？

雅克 如果他没天分的话，就不会写作了。

主人 你说什么？

雅克 我说如果他没天分的话，他就不会写作了。

主人 （放声大笑）你刚才说的话，人家一听就知道你不过是个仆人。你以为写作的人都有天分吗？那上次来找我们主人的那个年轻诗人呢？

雅克 我半个诗人也不认识。

主人 看得出来，你对那个把我们创造出来的主人是一无所知。你是个很没有文化的仆人。

客栈老板娘 （刚上场；向雅克和他的主人走来，向他们行屈膝礼）两位先生，欢迎光临。

主人 欢迎光临？光临哪里呀？这位女士。

客栈老板娘 大鹿客栈。

主人 这名字从来没听过。

客栈老板娘 搬张桌子来！还有几张椅子！

〔两个伙计把一张桌子和几张椅子搬上舞台，然后把桌椅摆在雅克和他的主人前面。

客栈老板娘　上天注定你们在旅行途中会到我们的客栈来休息，你们会在这儿吃饭、喝酒、睡觉，还会听那位远近驰名既多话又粗鲁的老板娘说故事。

主人　听起来好像我家仆人给我受的罪还不够！

客栈老板娘　两位先生要用点什么？

主人　（贪婪地看着客栈老板娘）这倒是要好好想一想。

客栈老板娘　您不需要想啊，上天注定您会吃鸭肉配马铃薯，再加上一瓶葡萄酒……

〔客栈老板娘退场。

雅克 主人，您刚才要我说一下对那个诗人的看法。

主人 （还沉醉在客栈老板娘的迷人风韵里）诗人？

雅克 去找过我们主人的那个年轻诗人……

主人 对！有一天，有个年轻诗人跑来找我们主人，也就是创造我们的那个主人。诗人们常常来烦他。年轻的诗人总是多得不得了，光是在法国，每年就会增加大约四十万个诗人，其他没文化的国家情况更糟。

雅克 怎么解决这些诗人呢？把他们淹死吗？

主人 这是从前的做法，古时候在斯巴达，他们是这么做的。那时候，诗人一生下来，就会被人从高高的岩石上扔到海里，不过在我们这个文明的时代，任何人都有权利活到他自己断气的那一天。

客栈老板娘 （端来一瓶酒，把杯子斟满）可以吗？

主人 （试饮一口酒）好极了！就搁这儿吧。（客栈老板娘退

场。)喔，刚才说到有一天，有个年轻诗人跑到我
们主人家来毛遂自荐，还从口袋里掏出一张纸。我
们的主人说:"这可不简单，这是诗!"诗人回答说:
"是的，大师，这是诗，这是我自己写的诗，我恳
请您跟我说真话，我只想听真话。"我们的主人问
他:"可是您不怕听真话吗?""我不怕。"年轻的诗
人用颤抖的声音回答。我们的主人接着说了:"亲爱
的朋友，我觉得，不只是您手上的诗句连狗屎都不
如，我想您再怎么写，也不会好到哪里去了!"年
轻的诗人说:"这真是令人伤心哪，我一辈子都得写
些烂东西了。"我们的主人回答说:"小诗人，我可
要提醒您，诗人平庸是天地不容的，不论是神是人
还是街旁的路标，都从来没有宽恕过诗人的平庸
啊!"诗人说:"这个我知道，可是我也没办法呀，
那是一种冲动。"

雅克　一种什么？

主人　一种冲动。年轻的诗人这么说："有一股莫名的冲动，驱使我写出蹩脚的诗句。"我们主人扯开嗓门大声对他说："我再说一次，该说的我可是都说了！"可是这位诗人却还接着说："大师，我知道，您是伟大崇高的狄德罗，而我只是个烂诗人；不过，我们这些烂诗人是人多的一边，我们永远都是大多数！就整体来说，人类不过就是些烂诗人组合起来的！而大众的思想、大众的品味、大众的感觉，也不过是烂诗人的集合罢了！您怎么会认为一个烂诗人会去指责别的烂诗人呢？烂诗人代表的就是人类啊，人们爱这些蹩脚诗爱得要命哪！正因为我写的都是些蹩脚诗，有朝一日，我会因此成为公认的大诗人！"

雅克　那个年轻诗人真的对我们主人这么说吗？

主人　没错，一字不差。

雅克　他的话倒是有几分道理。

主人　当然啰，而且这些话让我产生了一种非常不敬的
　　　想法。

雅克　我知道您在想什么。

主人　你知道？

雅克　没错。

主人　好，说来听听。

雅克　不，不，是您先想到的。

主人　别装蒜了，你跟我一起想到的。

雅克　不，不，我是后来才想到的。

主人　好了，你说吧！到底是什么想法？快说！

雅克　您在想，创造我们的主人，说不定也是个蹩脚的
　　　诗人。

主人　谁能证明他不是呢？

雅克　那您觉得，换作另一个主人来创造我们的话，我们就会过得比现在好吗？

主人　（若有所思地）这就难说了。如果我们俩真是出自名家之手，出自一个天才的笔下……那当然不一样啰。

雅克　（难过地，沉默片刻）您知不知道这样子很悲哀？

主人　什么很悲哀？

雅克　您对您的创造者有这么坏的评价。

主人　（看着雅克）我只是评论他的作品而已呀。

雅克　我们应该敬爱创造我们的主人；我们爱他的话，就会更快乐，更安心，也会对自己更有自信。可是您，竟然想要拥有一个更好的创造者。老实说，这简直是在亵渎神明啊，主人。

客栈老板娘　（用托盘把菜肴端上来）两位先生，鸭肉来了……你们用完餐之后呢，我再告诉你们拉宝梅蕾夫人的故事。

雅克　　　（面带不悦）吃完晚饭以后，该由我来讲我是怎么开
　　　　　　始恋爱的!

客栈老板娘　您的主人会决定该由谁来说故事。

主人　　　喔! 不关我的事! 不关我的事! 这要看上天是怎么
　　　　　　注定的!

客栈老板娘　上天注定这回该我讲了。

片刻黑暗

第二幕

同样的布景；舞台上空荡荡的，只有一张桌子放在舞

台前缘，雅克和他的主人坐在那儿吃完他们的晚餐。

第一场

雅克　这一切都是从我失去贞操那时候开始的。那天我喝

　　　得烂醉，我父亲把我狠狠揍了一顿，那时候刚好有

　　　一支军队从附近经过……

客栈老板娘　（进场）饭菜还可以吗？

主人　美味极了！

雅克　太棒了！

客栈老板娘　要不要再来一瓶酒？

主人　当然好啊！

客栈老板娘　（转身向幕后）再拿一瓶酒来！……（对雅克和他的

　　　主人）我说过吃完这顿丰盛的晚餐以后，要给两位

先生说拉宝梅蕾夫人的故事……

雅克　真是天杀的！老板娘！我正在说我是怎么开始恋
　　　　爱的！

客栈老板娘　男人很容易就会爱上女人，也很容易把女人给抛
　　　　弃。这个道理全世界的人都知道。所以我呢，我要
　　　　跟你们说个故事，让你们看看那些坏家伙有什么
　　　　下场。

雅克　老板娘，您实在是很大嘴巴！嘴巴里好像装着
　　　　十万八千吨的话，在那儿虎视眈眈地，想找个倒霉
　　　　鬼，好把这些话通通从他耳朵里灌进去！

客栈老板娘　先生，您这仆人可真没教养，自以为有趣，还敢打
　　　　断女士的话。

主人　（带着谴责的语气）雅克，别闹了……

客栈老板娘　那我说啰，从前有位侯爵，名叫阿尔西。这家伙怪
　　　　得很，而且是个好色之徒。总之，他这个人很讨人

喜欢，可是他不懂得尊重女人。

雅克　他做得一点儿也没错。

客栈老板娘　雅克先生，您打断了我的话。

雅克　大鹿客栈可敬的女主人，我可不是在跟您说话。

客栈老板娘　这侯爵呢，他寻寻觅觅，才找到这位拉宝梅蕾侯爵夫人。这位侯爵夫人是个寡妇，她平常生活非常检点，家里有钱，加上她的出身很好，所以眼界也比人高。阿尔西侯爵可是费了一番功夫才得到她的芳心。但是，几年以后，侯爵开始觉得无趣了。你们知道我的意思吧，两位先生。一开始，他只是建议拉宝梅蕾夫人多出去参加社交活动，后来，他要拉宝梅蕾夫人多在家招待客人，最后，拉宝梅蕾夫人在家招待客人的时候，他甚至不再出现，总是有什么紧急的事可以拿来搪塞。就算人来了，也不太说话，总是一个人坐在小沙发上，拿起书来翻一翻，

再把书扔在一旁，逗逗小狗，然后当着拉宝梅蕾夫
人的面打起瞌睡。但拉宝梅蕾夫人始终爱着他，也
为了他痛苦不堪。拉宝梅蕾夫人个性如此高傲，心
里当然非常愤怒，最后终于受不了，决心要报复。

第二场

〔客栈老板娘说最后一句台词的时候，侯爵从平台后
方走上来；他带着一张椅子，放下椅子后，懒散地半
躺半坐在上面，一副厌倦的神情。

客栈老板娘　（转身面向侯爵）我的朋友……

后台音　老板娘！

客栈老板娘　（向着布幕）什么事？

后台音　放食物的柜子，钥匙在哪里？

客栈老板娘　挂在钉子上 ……（对侯爵）我的朋友，您不是当真
的吧 ……

〔客栈老板娘走上平台，走近侯爵。

侯爵　您呢，您也不是当真的吧，侯爵夫人。

客栈老板娘　是真的，而且真实得让人心碎啊。

侯爵　您怎么啦，侯爵夫人？

客栈老板娘　没什么。

侯爵　（哈欠连连）我才不相信呢！别这样了，侯爵夫人，
把心事告诉我，至少这样我们不会再觉得厌烦。

客栈老板娘　您感到厌烦了？

侯爵　没有，没有！…… 只是有几天 …… 有几天 ……

客栈老板娘　有几天我们在一起的时候，彼此都感到厌烦 ……

侯爵　不是这样的，您误会了，我亲爱的 …… 只是有几

天 …… 天知道为什么 ……

客栈老板娘　我亲爱的朋友，我一直想对您倾吐我的秘密，可是我怕那会害您痛苦。

侯爵　您会让我痛苦？您会这么做吗？

客栈老板娘　上天知道我不是有意的。

后台音　老板娘！

客栈老板娘　（转身面向布幕）伙计，我已经告诉过你不要打扰我。有事去找老板！

后台音　老板不在！

客栈老板娘　关我什么事，你跟我说这干吗？

后台音　因为卖稻草的来了。

客栈老板娘　把钱给他，然后叫他滚 ……（对侯爵）真的，不知道事情为什么会变成这样，我自己也很伤心。每天晚上我都问我自己：侯爵是不是不值得我爱了？他做了什么事让我不满吗？他会对我不忠吗？不会

的。那么，既然他对我的爱始终如一，为什么我会
变心呢？当他迟迟不来的时候，我不再担心，当他
出现的时候，我也不再有甜蜜的感觉。

侯爵　（满心欢喜）真的吗？

客栈老板娘　（用双手捂着眼睛）啊，侯爵，请宽恕我，不要责
备我 …… 不，您还是不要原谅我吧，我罪有应
得 …… 可是，我该掩饰这一切吗？变心的人是我，
不是您。正因为如此，我比从前更尊重您。我没有
办法欺骗我自己，我心里已经不再有一丝爱情，这
是多么可怕的事，可又确实如此。

侯爵　（兴匆匆、迫不及待地跪下）您太迷人了，您是世界
上最迷人的女人。您赐给我的喜悦真是难以形容！
您的坦率让我感到羞愧。跟我比起来，您实在太高
尚了！在您面前，我显得多么卑微啊！您心情转变
的过程跟我一模一样，可是我，我却没有勇气把它

说出来。

客栈老板娘　这是真的吗？

侯爵　这是千真万确的，事到如今，我们只有一起放弃
这份互相欺骗的脆弱感情，才能重新拾回我们的
快乐。

客栈老板娘　是啊，如果一个人还爱着，而另一个人却不再爱
了，那是多么不幸的事啊。

侯爵　此时此刻的您，多么美丽啊！从前，我却不曾察
觉。要不是我已经从经验里得过教训，我甚至还要
说，我比从前更爱慕您呢。

客栈老板娘　可是侯爵，我们以后该怎么办呢？

侯爵　我们永远不会背叛对方，也不会彼此欺骗。您将会
拥有我全心全意的敬爱，我也希望您对我还没完全
失去信心。我们可以成为对方最真心的朋友，往后
还可以在爱情的冒险里互通有无。谁知道以后会发

牛什么事呢？

雅克 确实是这样啊，以后的事谁知道呢？

侯爵 说不定……

后台音 我老婆到哪儿去了？

客栈老板娘 (没好气地，转向布幕的方向)干吗？

后台音 没事！

客栈老板娘 (对雅克和他的主人)两位先生，这真会把人逼疯哪！躲在这没人管的角落里，刚以为可以清静清静，以为大家都睡了，可他却偏偏要叫我，弄得我刚才讲到哪儿都忘了，这个老不死的……

〔老板娘走下平台。

两位先生，你们看，我多可怜……

第三场

主人　　老板娘，我是很愿意可怜您。（在她屁股上拍了一把）不过我也要夸奖您，您的故事说得可真好。我突然有个怪念头，如果说，您的丈夫不是刚才被您叫作老不死的那位先生，而是我们眼前这位雅克先生，结果会怎样？我的意思是说，如果丈夫说话说个没完，而老婆又是一个长舌妇，结果会怎样？

雅克　　结果会跟那几年，我在祖父母家的下场完全一样。他们两个都好严肃，早上起床，穿好衣服，出门工作。晚上祖母缝缝衣服，祖父读读《圣经》，整天都没有人开口说话。

主人　　那你呢？你在干吗？

雅克　　他们用东西把我的嘴巴塞住，让我在房间里跑来跑去！

客栈老板娘　把你的嘴巴塞住？

　　　雅克　是啊，因为我祖父喜欢安静，就为了这个，我嘴巴
　　　　　　塞着东西过了生命中的前十二年……

客栈老板娘　（转身面向布幕）伙计？

　　后台音　在这儿哪……

客栈老板娘　再拿两瓶酒来！不要拿那种平常卖给客人喝的，拿
　　　　　　两瓶放在最里面的，搁在木柴后面的那一种！

　　后台音　知道了！

客栈老板娘　雅克先生，我改变主意了，您的遭遇实在教人同
　　　　　　情。刚才我想象您嘴巴塞着东西，想到您说话的欲
　　　　　　望这么强烈，就不由自主地生出无限怜悯。这样好
　　　　　　不好？……我们不要再吵了。（他们互相拥抱。）

　　　〔客栈伙计走进来，把两瓶酒放在桌上，打开酒瓶，
　　倒了三杯酒。

客栈老板娘　　两位先生，这辈子你们不可能喝到比这更好的酒！

　　　雅克　　老板娘，您从前一定是个让人魂不守舍的美人！

　　　主人　　没教养的奴才！我们的客栈老板娘一直是个让人魂
　　　　　　　不守舍的美人！

客栈老板娘　　怎么比得上从前哟。你们要是看过我从前的样子就
　　　　　　　好了！唉！甭提了 …… 还是来讲拉宝梅蕾夫人的
　　　　　　　故事吧 ……

　　　雅克　　（举杯）好啊，不过我们先来敬那些男人吧！敬那些
　　　　　　　被您迷得团团转的男人！

客栈老板娘　　那当然没问题。（三人碰杯，饮酒。）我们继续来讲
　　　　　　　拉宝梅蕾夫人的故事吧。

　　　雅克　　我看还是先为侯爵先生干一杯再说吧，我实在是很
　　　　　　　担心他。

客栈老板娘　　您担心得倒是一点儿也没错。

〔三人再次碰杯，饮酒。

第四场

〔第三场戏中的人物说最后几句台词的同时，母亲和女儿从舞台深处走上平台。

客栈老板娘　你们知道她有多生气吗？她告诉侯爵说她不再爱他了，而侯爵竟然高兴得差点儿没跳起来！两位先生，这女人可是高傲得很呢！（转向母亲和女儿）于是拉宝梅蕾夫人又找到了那两个女的，她很久以前就认识这对母女了。因为一场官司，法官把她们传唤到巴黎来，结果官司打输了，母女俩也变得一文不名，母亲只得开赌场来维持生计。

母亲 （在平台上）需要就是一切的法则。我费尽心机要把我女儿送进歌剧院，谁知道这蠢货有个破锣嗓子，这难道是我的错吗？

客栈老板娘 常来赌场的都是些男人，他们在那儿赌钱、吃饭，而且每次总有一两个客人留下来跟女儿或是母亲过夜，所以其实她们是……

雅克 对，她们是……不过不管怎么说，我们还是为她们干一杯，毕竟她们母女还真让人干得下去。

〔雅克举杯；三人碰杯，饮酒。

母亲 （对客栈老板娘）老实说，侯爵夫人，我们从事的是一种很敏感的冒险行业。

客栈老板娘 （登上平台，向母亲走近）你们在这一行还不算太出名吧？

母亲　幸好还不算太出名，我们的 …… 生意 …… 是在汉
　　　堡街做的 …… 那地方，没事的话也没人会去 ……

客栈老板娘　我想你们应该不会太舍不得这一行吧。要是我给你
　　　们安排稍微体面一点的生活，你们觉得怎么样？

母亲　（充满感激地）啊，侯爵夫人！

客栈老板娘　不过你们对我可得言听计从。

母亲　您放心吧。

客栈老板娘　很好，你们回家去吧！把家具都卖掉，还有，只要
　　　是颜色有点鲜艳的衣服也都拿去卖掉。

雅克　（举杯）我敬那位小姐一杯，她的神情好忧郁啊，想
　　　必是因为每晚都要换主人的缘故吧。

客栈老板娘　（在平台上，对雅克）别笑了，这种事有时候让人恶
　　　心得想吐，您要是知道的话就笑不出来了！（对母
　　　亲和女儿）我会帮你们租一间小公寓，里面的摆设
　　　是最朴素的。除了去望弥撒，或是望完弥撒走路回

家之外，你们不可以离开公寓半步。在街上走的时
候，眼睛得盯着地上，而且绝对不可以单独出门，
你们说话的主题一定要围绕着上帝。至于我呢，当
然不会去家里探望你们。我是不够格 …… 跟这么
神圣的女人交往的 …… 现在，就乖乖听话吧！

〔母亲和女儿退场。

主人　这女人真教人害怕。

客栈老板娘　（在平台上，对主人）这还不算什么，您还不知道她
有多厉害呢。

第五场

〔侯爵刚从舞台的另一侧进场，似有若无地碰到客栈

老板娘的手臂。老板娘转过身来，用惊喜的眼神望
着他。

客栈老板娘 噢，侯爵！看到您多么教人开心啊！您的恋情最近
进展得怎么样啊？那些年轻姑娘还好吗？

〔侯爵挽着她的手臂，两人一同在平台上来回漫步；
侯爵倚向她，在她耳边低语几句，回答她的问话。

主人 雅克，看哪！他什么事都告诉她！真是只蠢猪！
客栈老板娘 您真是让人佩服。（侯爵又在她耳边窃窃私语。）您
对女人一直就是那么有办法！
侯爵 那您呢？您没有什么故事要告诉我吗？（客栈老板
娘摇摇头。）那位矮墩墩的伯爵呢？那个小矮子、小
侏儒，他这么殷勤……

客栈老板娘　我们不再见面了。

　　　侯爵　不要这样嘛！何必这么绝情呢？

客栈老板娘　因为我不喜欢他。

　　　侯爵　您怎么会不喜欢他呢？他是世界上最讨人喜欢的侏
　　　　　　　儒呢！难道您心里还爱着我？

客栈老板娘　也许吧……

　　　侯爵　您期待我会回心转意，所以您谨言慎行，让自己一
　　　　　　　言一行都无可挑剔吗？

客栈老板娘　您害怕了吗？

　　　侯爵　您是一个危险的女人！

　　　〔侯爵和客栈老板娘在平台上来来回回走着，状似在
　　　散步；迎面走来另外两个人——母亲和女儿。

客栈老板娘　（故作惊讶状）啊！天哪，这是真的吗！（她放开侯

爵的手臂，向母女二人迎上去。）真的是您吗？
夫人？

母亲　　是啊，是我……

客栈老板娘　　您近来可好？自从上次见面，怎么就没了消息？

母亲　　我们遭遇的不幸您是知道的，我们一直深居简出，
过着单纯的生活。

客栈老板娘　　我很赞成你们深居简出，可是怎么连我都不理了
呢？我……

女儿　　夫人，我跟妈妈提到您不下十次，可她总是说："拉
宝梅蕾夫人？她早就把我们给忘了。"

客栈老板娘　　这是什么话呀！我很高兴看到你们哪。这位是我的
朋友，阿尔西侯爵，他在这儿不会不方便吧，反正
小姐都已经是大人了。

〔四人一同继续散步。

主人　　　我跟你说，雅克，这个老板娘我喜欢。我敢打赌她不是生下来就在这家客栈，她不是这种出身。我猜的应该没错。

客栈老板娘　真是这样！女大十八变哪！

主人　　　我可是告诉你，这个女的气质高贵得很呢。

侯爵　　　（对母女二人）再留一会儿嘛！别急着走啊！

母亲　　　（腼腆地）不行，不行，得去教堂做晚祷了……走吧，女儿！

〔母女二人鞠躬后离开。

侯爵　　　天哪，侯爵夫人，这两个女人是谁呀？

客栈老板娘　她们是我认识的人里头，最幸福的两个女人了。您有没有感受到那种宁静，那种安详？让人觉得隐居是允满智慧的生活方式。

侯爵　侯爵夫人，如果我们的分手让您陷入如此悲伤的绝境，我是不会原谅我自己的。

客栈老板娘　您希望我不要拒绝那个矮墩墩的伯爵，是吗？

侯爵　那个小矮子？当然啰。

客栈老板娘　您觉得这样会比较好吗？

侯爵　那还用说吗。

〔客栈老板娘从平台上走下来。

客栈老板娘　（愤慨地，对雅克和他的主人）你们听见了没有！

〔客栈老板娘从桌上拿起一杯酒来喝，然后在平台边缘坐下来，侯爵坐在她身边，她继续说。

岁月不饶人哪！我第一次看到她的时候，她还没三个苹果叠起来那么高呢。

侯爵　您说的是那位夫人的女儿吗？

客栈老板娘　是啊。我觉得自己就像是一朵枯萎的玫瑰，在另一朵含苞待放的玫瑰面前凋谢。您也注意到那女孩了吗？

侯爵　当然注意到了！

客栈老板娘　您觉得她怎么样？

侯爵　简直就像拉斐尔笔下的圣母。

客栈老板娘　那样的眼神！

侯爵　那样的声音！

客栈老板娘　那样的肌肤！

侯爵　那样的气质！

客栈老板娘　那样的微笑！

雅克　真是天杀的，侯爵，再这样下去，您就要万劫不复了！

客栈老板娘　（对雅克）您说得没错，他的确是要万劫不复了！

　　　　　　　　　　　　〔客栈老板娘起身，举杯饮酒。

侯爵　那样的身体！

　　　　　　　　　　　〔说话的同时，侯爵在平台上起身，走出舞台。

客栈老板娘　（对雅克和他的主人）他已经上钩了。

雅克　老板娘，这位侯爵夫人是一头可怕的怪兽啊。

客栈老板娘　那侯爵又怎么说呢！他本来就不该背弃侯爵夫人！

雅克　老板娘，您应该没听过《刀鞘与小刀》这个迷人的寓言故事吧。

客栈老板娘　你从来没跟我说过！

第六场

〔侯爵走回客栈老板娘的身边，开始用哀求的语调对她说……

侯爵　好嘛，侯爵夫人，您最近有没有看见您那两位朋友呀？

客栈老板娘　（对雅克和他的主人）你们看到他被整成什么德行了吧？

侯爵　您这样实在太不应该了！她们母女俩这么穷，您却连顿饭也没邀请她们来吃过……

客栈老板娘　我去邀过她们，可是没有用啊。您不要觉得太惊讶，因为，要是别人知道她们母女俩常来我这儿，人家就会说这对母女是归拉宝梅蕾夫人照顾的，以后就没有人会救济她们了。

侯爵　　　什么！她们靠别人的救济在生活？

客栈老板娘　是啊，靠她们那儿教会的救济。

侯爵　　　她们是您的朋友，您竟然忍心让她们靠救济生活！

客栈老板娘　啊，侯爵，我们这些平凡人很难了解这些虔诚的心灵啊。她们不会随便接受别人帮忙的，只有纯洁无瑕的人才有资格救济她们哪。

侯爵　　　您知道吗？我差点儿就忍不住去拜访她们了。

客栈老板娘　还好您没这么做，不然您可能就再也见不到她们了。这个女孩这么迷人，您还是不要去拜访她们，免得招人闲言闲语。

侯爵　　　（叹了一口气）太残酷了……

客栈老板娘　（阴沉地）是啊，太残酷了，说得一点儿也没错。

侯爵　　　侯爵夫人，您这是在嘲笑我。

客栈老板娘　我不过是想要帮您免除困扰罢了。侯爵，您这么做是自讨苦吃啊！这女孩可不能跟您认识的那些女人混为一谈！她不会接受诱惑。您是无法如愿以偿的。

〔侯爵神情沮丧，向舞台深处走去。

雅克　这侯爵夫人真坏。

客栈老板娘　（对雅克）雅克先生，请不要为男人辩护。您难道不记得拉宝梅蕾夫人有多么爱侯爵吗？她还是疯狂地爱着侯爵。侯爵说的每一句话都让她心如刀割！难道您看不出来，等在他们两人前面的，是个可怕的地狱吗？

〔侯爵走回客栈老板娘的身边。老板娘抬眼望着他。

客栈老板娘　天哪，您的气色怎么会这么糟！

侯爵　我满脑子想的都是她，我再也受不了了。我晚上睡不着，白天吃不下。这半个月以来，我喝酒像喝水似的，而为了能在教堂里看她一眼，我又变得跟修道士一样……侯爵夫人，您想想办法，让我能再见到她吧！（侯爵夫人发出一声叹息。）您是我唯一的朋友啊！

客栈老板娘　侯爵，我很愿意帮您的忙，但这实在不容易呀。我们不能让她觉得我们是一伙的……

侯爵　拜托嘛！

客栈老板娘　（模仿侯爵）拜托嘛！……（然后，冷冷地）您爱不爱她关我什么事呢！我何苦把自己的生活搞得那么乱？您还是自求多福吧！

侯爵　我求求您！如果您不帮我的话，我就完了。就算不为我，您也为她们母女想想吧！我已经控制不了我

自己了！我会破门而入，冲进她们家里，您无法想

象我会做出什么事！

客栈老板娘　好吧……您想怎么样就怎么样吧。不过，至少得

给我一点时间好好准备……

〔在舞台深处，仆人们正在摆设一张桌子与数张椅子。

侯爵退场……

第七场

客栈老板娘　（向舞台深处走去，母亲与女儿从舞台深处进场）

嗯，好，过来，过来。一起坐下来，我们就要开始

了。（客栈老板娘在舞台深处的桌旁坐下。现在，舞

台上有两张桌子：一张在低处，雅克和他的主人坐

在那儿，另一张则在平台上。）待会儿侯爵到的时

候，我们要假装惊讶得不得了，可不要搞错了!

雅克　　（对客栈老板娘大叫）老板娘! 这女人真是坏透了!

客栈老板娘　（坐在平台上面的桌旁，对坐在底下桌旁的雅克）雅克先生，那侯爵呢，他是天使啰，是吧?

雅克　　为什么他得当天使呢? 男人难道除了当天使或者当野兽，就没有其他的选择了吗? 您要是听过《刀鞘与小刀》这个寓言故事的话，应该会长一点智慧。

侯爵　　（向三个女人走近，故作惊讶状）哦……我好像打扰到你们了!

客栈老板娘　（也很惊讶的样子）真是没想到……侯爵先生，真没想到会在这儿遇见您……

主人　　这些人真会演戏!

客栈老板娘　既然您也在这儿，就跟我们一块儿吃个饭吧。

〔侯爵亲吻三位女士的手，然后坐下。

雅克　我很确定这一段您不会太感兴趣的，他们的故事一
　　　边进行，我一边说《刀鞘与小刀》的故事给您听。

侯爵　（打断三个女人的谈话）各位女士，我完全同意你们
　　　的看法。生命的喜悦算什么？不过是烟雾和尘土罢
　　　了。你们知道我最钦佩的人是谁吗？

雅克　主人，别听他的！

侯爵　你们不知道吗？是柱头隐士圣西梅翁，他是我的主
　　　保圣人。

雅克　《刀鞘与小刀》是一切寓言故事中寓意最深远的，也
　　　是所有科学的基础。

侯爵　想想看，各位女士！西梅翁花了四十年的时间，在
　　　一根四十米高的柱子上向上帝祈祷，祈求上帝赐给
　　　他力量，让他能在四十米高的柱子上待四十年，在
　　　那儿向上帝祈祷……

雅克　主人，别听他的！

侯爵　……祈求上帝赐给他力量，让他能在四十米高的柱子上度过四十年……

雅克　听我说！有一天，刀鞘和小刀吵得不可开交，小刀对刀鞘说："刀鞘吾爱，您是个货真价实的婊子，您每天都接待新来的小刀。"刀鞘回答说："小刀吾爱，您是个不折不扣的混蛋，因为您每天都换刀鞘。"

侯爵　各位女士，请想想看！花四十年的时间待在一根四十米高的柱子上！

雅克　他们从吃饭的时候就开始吵。这时，坐在刀鞘和小刀中间的人说话了："我亲爱的刀鞘，还有您，我亲爱的小刀，你们这样换刀换鞘是很好，不过你们都犯了一个非常严重的错，那就是你们曾经互相承诺不要换来换去。小刀，你应该还不知道吧，上帝创造你，就是要让你插进好几个不同的刀鞘。"

女儿 那……这根柱子真的有四十米高吗？

雅克 "至于你呢，刀鞘，你还不明白上帝创造你，就是
     要给你很多支小刀吗？"

〔主人不看平台上发生的事，专心听雅克说话。听完
最后这句话，主人笑了。

侯爵 （带着爱意的温柔语气）是的，小姑娘，有四十
     米高。

女儿 西梅翁不会头晕吗？

侯爵 不会的，他不会头晕。亲爱的小姑娘，您知道为什
     么吗？

女儿 我不知道。

侯爵 因为他在柱子上从来不往下看。他永远看着上帝。
     要知道，往上看的人从来不会头晕。

三个女人　（惊讶地）真的吗！

　　主人　雅克，真是这样吗！

　　雅克　没错。

　　侯爵　（向女士们告辞）很荣幸能和各位一道用餐。（侯爵离去。）

　　主人　（觉得很有趣的样子）你的寓言很不道德。我唾弃这个故事，也拒绝接受这个故事。我还要说，这个寓言故事，我就当它不存在。

　　雅克　可是你觉得这故事很有趣！

　　主人　跟这没关系！谁会觉得这故事不有趣？我当然觉得这故事很有趣！

　　〔在舞台深处，仆人们搬走桌椅。雅克和主人又开始看着平台。侯爵向客栈老板娘走近。

第八场

客栈老板娘　怎么，侯爵，您在法国找得到哪个女人愿意像我这样为您做这些事吗？

侯爵　（在客栈老板娘的面前跪下）您是我唯一的朋友……

客栈老板娘　不要再说这种话了。您心里到底在想什么？

侯爵　我非得到这个女孩不可，不然我会活不下去。

客栈老板娘　如果可以救您一命的话，我很乐意。

侯爵　我知道这事儿会惹您生气，但我还是得承认：我给她们寄了一封信，还有一盒珠宝。不过她们把这两样东西都退还给我了。

客栈老板娘　（严厉地）侯爵，爱情让您堕落了。她们母女对您做了什么？您竟然要这样侮辱她们？您以为高贵的德行用几颗珠宝就可以收买吗？

侯爵　（仍然跪在地上）请原谅我。

客栈老板娘 我已经警告过您，可是您却如此无可救药。

侯爵 亲爱的侯爵夫人，我想做最后的努力。我想把我城里的一栋房子，还有我乡下的房子送给她们。我要把我财产的一半都送给她们。

客栈老板娘 您想怎样就怎样吧 …… 不过，贞节是无价的。我很了解这两个女人。

〔客栈老板娘从侯爵身边离去；侯爵还是跪在舞台上。母亲从舞台另一侧向客栈老板娘走来，然后在她面前跪下。

母亲 侯爵夫人，请允许我们收下这份礼物吧！这么大好的一个机会！这么大好的一笔财富！这么大好的一份荣耀啊！

客栈老板娘 （对一直跪着的母亲）难道你们以为我所做的这一切，是为了要让你们得到幸福吗？马上把这些礼物退回去给侯爵。

雅克　这女人，她到底要怎么样啊？

客栈老板娘　（对雅克）她想要怎样？当然不是要让这两个女人有
好日子过啰。雅克先生，这两个女人对侯爵夫人来
说，算哪根葱啊！（对母亲）要么就照我的话去做，
不然我就把你们送回去开妓院！

〔撇下母亲，客栈老板娘背过身去，恰好和一直跪着
的侯爵面对面。

侯爵　啊，亲爱的侯爵夫人，您说得没错，她们拒绝了。
我已经没有希望了。我该怎么办？啊，侯爵夫人，
您可知道我作了什么决定？我要娶她为妻。

客栈老板娘　（故作惊讶状）侯爵，这个决定事关重大，您可得好
好考虑。

侯爵　　有什么好考虑的！再怎么样也不会比现在糟。

客栈老板娘　别急，侯爵，这可是终身大事，不能草草决定。(假
　　　　　装深思的样子)这两个女人的美德毫无疑问。她们
　　　　　的心就像水晶一般晶莹剔透……您的决定或许是
　　　　　对的。贫穷也不是什么罪恶。

侯爵　　求求您去看看她们，把我心里的想法跟她们说。

〔客栈老板娘转向侯爵，握着他的手；侯爵站起身来，
两人面对面站着；侯爵夫人露出微笑。

客栈老板娘　好吧，我答应您就是了。

侯爵　　谢谢您。

客栈老板娘　不管什么事，我还不是都帮您去做。

侯爵　　(沉醉在骤然而至的快意里)您是我唯一的、真正的
　　　　　好朋友，告诉我，您为什么不跟我一样，也去结个

婚呢？

客栈老板娘 跟谁结婚？

侯爵 跟那个矮墩墩的伯爵啊。

客栈老板娘 那个侏儒？

侯爵 他又有钱又聪明……

客栈老板娘 那谁来保证他会对我忠诚？您吗？您可以吗？

侯爵 丈夫不忠这种事，一下子就习惯了。

客栈老板娘 不行，不行，我可没办法。我会受不了，而且，我会报复。

侯爵 如果您想报复，好啊，我们就来报复。应该会很有意思的。我们可以租一栋漂亮的大房子，四个人住在一起，快乐似神仙。您觉得怎么样？

客栈老板娘 听起来好像很有意思。

侯爵 如果您的侏儒丈夫惹到您的话，我们就把他放在花瓶里，搁在你们的床头柜上面。

客栈老板娘　您这些高见让人听了真开心，不过我是不会结婚的。唯一有可能让我托付终身的男人……

侯爵　是我吗？

客栈老板娘　我现在可以毫无顾忌地承认了。

侯爵　为什么先前您没有跟我说呢？

客栈老板娘　照现在看起来，我做得没错。您选择共度一生的对象比起我来，合适得多了。

〔穿着白色结婚礼服的女儿从舞台深处缓缓向前走来。侯爵看见她，着魔似的走上前与她相会。

侯爵　侯爵夫人，我一辈子都会感激您的，至死不渝……

〔侯爵缓缓走上前与女儿相会。两人互相拥吻，相拥久久不离。

第九场

〔侯爵和女儿相拥时，客栈老板娘倒退着走，慢慢地
向平台的另一端走去，老板娘眼睛仍然盯着相拥的两
人，稍后她出声呼唤侯爵。

客栈老板娘　　侯爵！

〔侯爵几乎没注意到老板娘的呼唤，他紧紧抱着女儿。

侯爵！（侯爵爱理不理地转过头。）新婚之夜您还满
意吗？

雅克　　拜托！这还用问吗？

客栈老板娘　　我很高兴。好吧，现在听我说。您曾经拥有一个品
德端正的女人，可是却不懂得珍惜。这个女人，就

是我。(雅克笑了出来。)我报复的方法，就是让您跟一个和您相配的女人结婚。去汉堡街探听一下吧！您就会知道您的夫人是怎么讨生活的！您的夫人和您的岳母！

〔女儿扑倒在侯爵跟前。

侯爵 可耻，真是可耻啊……

女儿 （在侯爵跟前）侯爵先生，请您践踏我，痛打我吧……

侯爵 您走吧，真是可耻啊……

女儿 您要怎么对我都可以……

客栈老板娘 快去吧！侯爵！快到汉堡街去吧！然后在那儿立一块牌子作纪念，上头写着：阿尔西侯爵夫人曾经在此卖淫。

〔客栈老板娘放声大笑，笑声邪恶有如撒旦。

女儿　（在地上，倒在侯爵跟前）侯爵先生，可怜可怜我
　　　　吧……

〔侯爵用脚把女儿踢开，女儿试图抱住侯爵的腿，但
侯爵还是离去了。女儿仍然在地上。

雅克　老板娘，小心哟！故事的结局可不是这样的！
客栈老板娘　本来就是这样。您可别动歪脑筋，想要添油加醋。

〔雅克跃上平台，于方才侯爵驻足之处停下。女儿抱
住雅克的双腿。

女儿 侯爵先生，求求您，至少给我一线希望，让我知道
您会原谅我！

雅克 起来吧！

女儿 （在地上，紧紧抱着雅克的双腿）只要您高兴，您怎
么对我都可以。我什么都愿意接受。

雅克 （以真诚并且激动的口吻）我已经请您起来了……
（女儿不敢起身。）世界上那么多贞洁的女孩变成品
行不端的女人，难道，故事就不能倒过来一次吗？
（温柔地）而且我相信，荒淫放荡的生活只是与您
擦身而过，根本就还没伤害到您。起来吧。您没有
听到我说的话吗？我原谅您了。就算在让人感到最
羞愧的时刻，我也一直把您当作我的妻子啊。请对
我诚实、对我忠诚，请您快乐一点吧。也请您让我
和您一样诚实、忠诚、快乐。我对您的要求就是这
些了。起来吧，我的妻子。侯爵夫人，起来吧！起

来，阿尔西夫人！

〔女儿起身，紧紧拥住雅克，狂乱地亲吻着他。

客栈老板娘 （在舞台另一侧大叫）侯爵，她是妓女呀！

雅克 闭嘴！拉宝梅蕾夫人！（对女儿）我已经原谅您了，而且我要您知道，我没有什么好后悔的。那个女人（指着客栈老板娘），她想报复我，可是却帮了我一个大忙。您难道不比她更年轻、更美丽，比她更忠诚一百倍吗？我们一起到乡下去生活，到那儿舒舒服服过几年好日子。（雅克和女儿穿过平台，然后转身面向客栈老板娘，同时跳出侯爵的角色。）我可得跟您说，老板娘女士，他们后来就过着幸福快乐的日子。因为这个世界上没有什么事情是不会变的，一件事要改变方向，就像风在吹一样。风不停地在

吹，而我们甚至连风在吹都不知道。这风一吹，事
情就从幸福变成不幸，复仇也随之而来，而一个
轻浮的女孩竟然变成一个举世无双、忠实的好妻
子……

第十场

〔雅克说最后几句话的同时，客栈老板娘从平台上走
下来，坐在雅克的主人所在的桌旁；主人搂着她的腰，
跟她一起喝酒……

主人　雅克，我不喜欢你给这个故事收尾的方法！这女孩
　　　　没有好到可以变成侯爵夫人啊！她简直就让我想起
　　　　阿加特！这两个可怕的女人都是骗子！

雅克　主人，您搞错了！

主人　什么！我，我会搞错！

雅克　而且您错得很离谱。

主人　有个叫作雅克的要给他的主人上课呢，他要教我，
　　　　让我知道我有没有弄错！

〔雅克放开女儿，女儿在主仆两人随后对话时退出，
雅克跳下平台。

雅克　我可不是什么叫作雅克的。您还记得吗？您甚至还
　　　　说过我是您的朋友。

主人　（调戏着客栈老板娘）我想说你是我朋友的时候，你
　　　　就是我朋友。如果我想说你是什么叫作雅克的，你
　　　　就只是个叫作雅克的。因为在上天那里，你知道
　　　　的，在上天那里！就像你的连长说的，上天注定我
　　　　是你的主人。现在我命令你，把我不喜欢的那个故

事的结局给我换掉，我敬爱的拉宝梅蕾夫人也不喜

欢那个结局（主人抱着客栈老板娘），她是一位高贵

的妇人，她的屁股那么大又那么出色……

雅克　主人，您以为啊，您以为雅克真的有办法把他说的

故事的结局给换掉吗?

主人　只要他的主人想这么做，雅克就会把故事的结局

换掉!

雅克　主人，这我倒想见识见识!

主人　（仍然在调戏客栈老板娘）要是雅克继续这么固执的

话，他的主人就会叫他去关畜牲的地方，让他去跟

山羊一起睡!

雅克　我才不去呢!

主人　（抱着客栈老板娘）你就是得去!

雅克　我不去!

主人　（吼叫）你得去!

客栈老板娘　先生，您可不可以答应您刚刚才抱过的这位女士一件事？

主人　只要是这位女士说的都行。

客栈老板娘　请不要再跟您的仆人争吵了。看得出来，您的仆人很傲慢无礼，不过，我觉得您需要的刚好就是像这样的仆人。上天注定你们谁也离不开谁。

主人　（对雅克）听到了没有，奴才。拉宝梅蕾夫人刚才说，我永远也摆脱不了你。

雅克　主人，您就快要摆脱我了，因为我要去跟山羊一起，睡在关畜牲的地方。

主人　（站起来）你不准去！

雅克　我要去！（雅克慢慢走出去。）

主人　你不准去！

雅克　我偏要去！

主人　雅克！（雅克慢慢走出去，愈走愈慢。）我的小雅克……（雅克走出去。）我亲爱的小雅克……（主人追出去，抓住他的手臂。）好了，你听到了没有？没有你，我该怎么办？

雅克　好。不过为了避免以后的冲突，我们得先约法三章，这样就一劳永逸了。

主人　我很赞成。

雅克　我们来定些规矩吧！既然上天注定我对您来说是不可或缺的，以后只要一有机会，我就会滥用这个权利。

主人　这个，上天可没注定！

雅克　这些事，早在我们主人创造我们的时候，就已经规定好了。他决定让您有面子，我有里子。您下命令，而我来决定您下哪些命令。创造我们的那个主人，决定让您有权力，而让我有影响力。

主人　真是这样的话，那我们来交换，我要当你。

雅克　这样您不会有什么好处的。您会丢掉面子，而且
　　　得不到里子。您会失去权力，而且不会有什么影
　　　响力。主人，您还是维持现状吧。只要您当个好
　　　主人，一个听话的好主人，您的处境不会变得
　　　更糟。

客栈老板娘　阿门。夜深了，上天注定，我们已经喝得够多了，
　　　该去睡了。

片刻黑暗

第
三
幕

第一场

〔舞台上空荡荡的；主人和雅克站在舞台前缘。

主人　你可不可以告诉我，我们的马在哪儿?

雅克　主人，不要再问这种蠢问题了。

主人　实在太荒谬了！要叫我这么个贵族用脚走遍法国吗？你认不认识那家伙，那个胆敢把我们改写的家伙?

雅克　那家伙是个白痴啊，主人。不过现在我们已经被改写了，我们也拿他没办法。

主人　人家写好的东西，胆敢把它改写的人去死吧！希望有人把他们用木桩刺穿，然后放在小火上面慢慢烤！最好把这些人通通都阉掉，顺便把他们的耳朵也割下来！啊！我的脚好痛！

雅克   主人，那些改写的人从来没有被人用火烤过，而且大家都很相信他们呢。

主人   你想，大家都会相信改写我们故事的那个人吗？大家不会去读一下"原文"，看看我们原本是怎么样的人吗？

雅克   主人，被改写的，可不只我们的故事呢。人世间一切从未发生的事，都已经被改写几百次了，但就从来没人想去查证一下，到底真实的情况是怎么样。人的历史这么经常地被改写，人们都不知道自己是谁了。

主人   你这话真吓人哪。那这些人（指着台下的观众）会相信我们连匹马都没有，还得跟那些光脚的叫花子一样，从故事的开头走到结尾吗？

雅克   （指着台下的观众）这些人？我们什么事都可以让他们相信！

主人　我觉得今天你心情好像很糟。早知道，我们应该留
　　　　在大鹿客栈。

雅克　我那时候可没说不要。

主人　说来说去……这女人的出身应该不是客栈这种地
　　　　方。你信不信？

雅克　那会是哪儿？

主人　（沉思状）我不知道。不过那种说话的方式，那种气
　　　　质……

雅克　主人，我觉得您好像正在坠入情网。

主人　（耸耸肩）如果这是上天注定的话……（停顿片刻）
　　　　我想起来了，你还没说完你是怎么开始谈恋爱的。

雅克　您昨天就不该让老板娘先说拉宝梅蕾夫人的故事。

主人　昨天，我让一位高贵的妇人先说故事。你这种不解
　　　　风情的人，永远也不会懂的。不过，反正现在只有
　　　　我们两个，我就让你先说，当着大家的面说。

雅克　　主人，真谢谢您。好吧，听我说啰。失去贞操那天，我喝得烂醉。我喝得烂醉呢，我父亲就把我狠狠地揍了一顿。我父亲把我狠狠地揍了一顿以后呢，我就入伍当兵去了……

主人　　你又在说重复的话了，雅克！

雅克　　我？我又在说重复的话？主人，说重复的话，这是最丢人的事了，您怎么可以这么说我？我发誓到这出戏演完之前都不会再开口了……

主人　　雅克，别这样嘛，我求你。

雅克　　您求我？您真的求我吗？

主人　　真的。

雅克　　很好。那我说到哪儿了？

主人　　你父亲把你狠狠地揍了一顿，你入伍当兵，最后你躺在一个破房子里，有人照顾，然后你遇到那个漂亮的女人，她有个大屁股……（停顿）雅克……

喂，雅克……老实说……你可得老实说，你知道
我要问什么……那个女人的屁股真的很大吗？还
是你故意这么说，好让我开心……

雅克　主人，问这些问题有什么意义呢？

主人　（忧愁地）她的屁股不大，对不对？

雅克　（和颜悦色地）主人，不要再问了好不好。您知道我
不喜欢对您撒谎。

主人　（忧愁地）所以，雅克，你是骗我的啰。

雅克　别生我的气嘛。

主人　（带着几许怀念）我不会生你的气，我可爱的雅克，
你骗我是出自好意的。

雅克　是的，主人。我知道您对大屁股的女人迷恋到什么
程度。

主人　你真好。你是一个好仆人。一个仆人就应该像你这
么好，而且要懂得跟主人说他们想听的话，千万别

跟主人说些没用的真相啊，雅克。

雅克　主人，请不要担心，我也不喜欢那些没用的真相。没有什么事会比没用的真相更愚蠢的了。

主人　什么是没用的真相？

雅克　譬如说，像我们都会死啊，或者说，这个世界很堕落啊。说这话，好像大家都不知道这些事似的。说这些话的人您都知道啊，他们像英雄一样地走上舞台，大声高喊："这个世界堕落了！"观众们都鼓掌叫好，但是雅克我却对这种事不感兴趣，因为雅克比他们早两百年、早四百年、早八百年就知道了，当他们在大呼小叫，说这个世界堕落的时候，雅克宁可去想些新点子，让他的主人开心……

主人　……让他堕落的主人开心……

雅克　……让他堕落的主人开心，像一些大屁股的女人，他主人喜欢的那种。

主人　只有我跟天上的那位才知道，在那些从来都帮不上什么忙的仆人里头，你是最好的。

雅克　所以啦，别再问问题了，也别再问真相是怎么回事，还是听我说吧：她的屁股很大 …… 等一下，我现在讲的是哪个女人？

主人　那个在破房子里面的女人，你在那儿有人照顾不是吗？

雅克　对啦，在那破房子里，我在床上躺了一个星期，医生们把酒都喝光了，于是我的恩人们开始想办法要尽快把我弄走。还好，照顾我的医生里头，有一个是在城堡那儿帮人看病的，他太太替我求情，结果他们就把我带回家了。

主人　也就是说，你跟那个破房子里的漂亮女人，什么事也没发生啰。

雅克　没错。

主人　实在太可惜了！那医生的老婆呢？那个帮你求情的

女人，她长什么样？

雅克　金发。

主人　跟阿加特一样。

雅克　长腿。

主人　跟阿加特一样。那屁股呢？

雅克　像这样，主人！

主人　完全跟阿加特一个样啊！（带着愤怒）啊！这个可恶
　　　的女孩子！对付她应该要比阿尔西侯爵对付那个小
　　　骗子更狠！绝对不能像小葛庇对朱丝婷那样！

〔此时，圣图旺已进场片刻，在平台上，兴味十足地
听着雅克和主人的谈话。

圣图旺　那您怎么没有采取任何行动呢？

雅克　（对主人）您听到了没有，他在嘲笑您呢！主人，他

　　　　根本是个混蛋哪，您第一次跟我提起这个人的时

　　　　候，我就这么说了……

主人　我承认他是个混蛋，不过到现在为止，他做的事情，

　　　　跟你对你的朋友葛庇所做的一切，没什么两样啊。

雅克　话这么说是没错，但很清楚的，他是个混蛋，而我

　　　　却不是。

主人　（赫然发现雅克说得没错，激动地）这倒是真的。你

　　　　们两个都勾引了你们最要好的朋友的女人。但他成

　　　　了个混蛋，而你却置身事外。这是什么道理?

雅克　这我可不知道。不过我觉得，在这深刻的谜题里

　　　　头，隐藏着一个真理。

主人　当然啰，而且我知道是什么真理! 你和圣图旺骑士

　　　　的差别，不在于你们的行为，而在于你们的灵魂!

　　　　你呀，你给你的朋友葛庇戴了绿帽子以后，难过得

　　　　都醉了。

雅克　我不想让您知道这是错觉，不过我之所以会喝醉，

并不是因为太难过，实在是因为太快乐了……

主人　你不是因为太难过才喝醉的？

雅克　主人，事情的真相很丑陋，不过真的是这样。

主人　雅克，你可不可以答应我一件事？

雅克　答应您一件事？您尽管说吧。

主人　我们就说你是因为难过才喝醉的，好吧。

雅克　主人，如果您希望这样的话。

主人　我希望这样。

雅克　那么，主人，我是因为难过才喝醉的。

主人　谢谢你。我要你愈不像这个无耻的混蛋愈好，（说话

的同时，主人转向一直在平台上的圣图旺。）他帮我

戴了绿帽子还不满足……

〔主人登上平台。

第二场

圣图旺　我的朋友！现在，我只想要报复！这个贱女人冒犯
了我们两个，我们要一起报复！

雅克　对啦，我想起来了，上回故事就是说到这里。但是
您，主人哪！您要怎么对付这个鼠辈？

主人　（在平台上转身面向雅克，用一种悲怆可怜的语调）
我要怎么做？你看着吧，雅克，看着我，我可爱的
雅克，准备为我的下场哭泣吧！（对圣图旺）圣图
旺，我已经准备好要忘记您对我的背叛了，不过我
有一个条件。

雅克　干得好，主人！别让人家牵着鼻子走！

圣图旺　要我做什么都可以。要我从窗户跳出去吗？（主人
笑而不语。）要我上吊自杀吗？（主人不语。）要我
跳水自杀吗？（主人不语。）要我将这把刀插入胸

口吗？好，好！（圣图旺敞开衬衫，把刀子对准胸口。）

主人　把刀子放下。（主人将刀子从圣图旺手中夺下。）我们先去喝一杯，然后我再告诉您，原谅您的条件有多严厉……（主人拿起从前几场戏就一直放在那里的酒瓶。）告诉我，阿加特应该很淫荡吧？

圣图旺　啊，如果您也能跟我一样感受到她的淫荡就好了！

雅克　（对圣图旺）她的腿很长吧？

圣图旺　（低声对雅克）实在说不上。

雅克　屁股又大又好看吧？

圣图旺　（同样低声）松松垮垮的。

雅克　（对主人）主人，我发现您实在是很爱做梦，这教我不得不更爱您哪。

主人　（对圣图旺）我现在跟你说我的条件。我们一起把这瓶酒喝光，然后你说阿加特的事给我听。像她在床

上怎么样啊，都说些什么话啊，身体怎么扭啊。她
所做的一切。她兴奋的时候喘气的样子。我们喝
酒，你负责说故事，我呢，我就在那儿幻想……

〔圣图旺望着主人和雅克，不语。

主人　好了，你答应了？怎么啦？说呀！（圣图旺不语。）
　　　你听到了没有？

圣图旺　我听到了。

主人　你答应了吗？

圣图旺　我答应。

主人　那你为什么不喝？

圣图旺　我在看你。

主人　我知道你在看我。

圣图旺　我们的身材差不多。在黑暗中，别人会把我们两个

搞混。

主人　你在想什么？怎么不赶快说呢？我等不及要开始幻想啦，哎呀！我的天哪，我受不了了，圣图旺。我要你现在就跟我说。

圣图旺　我亲爱的朋友，您是要我描述，我和阿加特共度的一个夜晚？

主人　你不知道什么叫作欲火焚身吗？没错，我是要你说这个！这个要求太过分了吗？

圣图旺　完全相反。你的要求太少了。如果不是说故事，而是设法让你和阿加特共度一夜，你觉得怎么样？

主人　一夜？货真价实的一夜？

圣图旺　（从口袋里拿出两把钥匙）小的是从街上进门用的万能钥匙，大的是阿加特的候见室的钥匙。亲爱的朋友，这半年以来，我就是这么干的。我先在街上闲晃，直到看见一盆罗勒叶出现在窗口，我才打开房子的大门，再静悄悄地把门关上。静悄悄地走上去。静悄悄地打开阿加特的房门。在她房间旁边，有一个放衣服的小房间，我就在那儿脱衣服。阿加特故意让她房间的门微微开着，房里一片漆黑，她就在床上等我。

主人　而您要把这机会让给我？

圣图旺　我是诚心诚意的。不过我有一个小小的心愿……

主人　好啦，说啊！

圣图旺　我可以说吗？

主人　当然可以，只要您高兴，我是乐意至极啊。

圣图旺　您真是世界上最好的朋友。

主人　不比您差倒是真的。我到底可以帮您做什么事？

圣图旺　我希望您能在阿加特的怀里待到天亮。那时候，我会若无其事地出现，把你们吓一跳。

主人　（有点不好意思地笑着）这招真是太妙了！不过，这

　　　　不会太残忍吗？

圣图旺　　不会太残忍，不过是开开玩笑嘛。出现之前，我会
　　　　先在放衣服的小房间把衣服脱光，所以，当我出来
　　　　吓你们的时候，我会……

　主人　　全身光溜溜的！噢！您实在是个十足的色坯子！不
　　　　过，这办法行得通吗？我们只有一套钥匙……

圣图旺　　我们一起进屋子，一起在小房间里脱衣服，然后您
　　　　先出去，上阿加特的床。您准备好的时候，给我打
　　　　个暗号，我就出来跟您会合！

　主人　　这招实在是太妙了！太高明了！

圣图旺　　您答应了？

　主人　　我完全同意！不过……

圣图旺　　不过……

　主人　　不过……我的感觉您可以体会吧……其实，其实，
　　　　我是完全同意的。不过，您知道的，第一次嘛，我

还是比较喜欢自己一个人……我们可以晚一点
再……

圣图旺 啊，我懂了，您希望我们的复仇计划不只进行
一次。

主人 这种复仇计划多么令人愉快啊……

圣图旺 当然啰。(圣图旺指着舞台深处，阿加特躺在那
里。主人着魔似的走向阿加特，阿加特向他伸出双
臂……)小心，动作轻一点，全家人都在睡觉啊!

〔主人在阿加特身旁躺下，以双臂环抱着她……

雅克 主人，恭喜您成功了，不过我实在是为您感到害
怕呀。

圣图旺 (在平台上，对雅克)我亲爱的朋友，不管根据哪一
条定理，仆人都应该为了主人被耍而感到高兴。

雅克　我家主人是个老实人，而且他很听我的话。我不喜欢别人家的主人，一点儿也不老实，我不喜欢他们跑来把我家主人耍得团团转。

圣图旺　你家主人是个蠢蛋，他跟其他蠢蛋有一样的下场是应该的。

雅克　有些地方，我家主人是很蠢。不过在他愚蠢的个性里，有一种老实的调调很讨人喜欢，这种特质，在您的聪明才智里头可是找不到的。

圣图旺　你这个崇拜自家主人的奴才！你仔细看看他在这段艳遇里头有什么下场吧！

雅克　到目前为止，他还很快乐，我看了也很开心哪！

圣图旺　待会儿你就知道了！

雅克　我说他现在很快乐，这样就够了。除了片刻的快乐，我们还能要求什么呢？

圣图旺　他将为这片刻的快乐付出昂贵的代价！

雅克　如果这片刻的快乐大得不得了，结果您设计的一切

　　　不幸就显得不沉重了，这又怎么说?

圣图旺　奴才! 你说话小心一点! 如果我帮这白痴找的乐子

　　　比苦恼多的话，我就把这刀子永远插在我的胸口。

　　　　　　　　〔圣图旺开始朝着幕布的方向大呼小叫。

　　　好了没有，你们这些人! 还在等什么? 天都要

　　　亮了!

第三场

　　　　　　　　〔听得见一些噪音和叫喊声。人们赶着跑向主人和阿

　　　加特，两人仍然互相搂抱着; 人群中，有穿着睡衣的

　　　阿加特的父母，还有警局督察。

警局督察　各位女士，各位先生，请保持安静。这位先生是现行犯，他在犯罪现场被抓到。不过就我所知，这位先生是贵族，也是一位有教养的绅士。我希望他能自己弥补这个过失，而不要等到法律强迫他才来做。

雅克　我的天哪，主人，您被他们给逮到了。

警局督察　（对正在起身的主人）先生，请跟我走。

主人　您要带我到哪儿去？

警局督察　（带着主人）到监狱里去。

雅克　（惊愕地）到监狱里去？

主人　（对雅克）是的，我可爱的雅克，他要带我到监狱里去……（警局督察走远。人群散去。主人独自待在平台上。圣图旺奔向主人。）

圣图旺　好朋友，我的好朋友！这实在太可怕了！您，您得待在监狱里！这怎么可能呢？我去过阿加特家里，可是她父母根本不想跟我说话；他们知道您是我唯一的朋友，他们还说一切不幸都是我造成的。阿加特差点没把我的眼珠子给挖出来。您应该可以想象吧……

主人　不过，圣图旺，事到如今，只有您能救我了。

圣图旺　我该怎么做呢？

主人　怎么做？把事情一五一十地说出来就行了。

圣图旺　话是没错，我也拿这些事去威胁过阿加特。可是这些事我说不出口啊。想想看，我们会变成什么德行……而且，这也是您的错啊！

主人　我的错？

圣图旺　是啊，是您的错。如果当初您接受我说的猥亵点子，阿加特就会被两个男人吓一跳，而整件事就会以闹剧收场。可是您实在太自私了，我的好朋友！

您想要一个人独享快乐！

主人　圣图旺！

圣图旺　就是这样，我的好朋友。您因为自私而受到惩罚。

主人　（以责难的语气）我的好朋友！

　　　　　　　　　　〔圣图旺转身向后，匆匆退场。

雅克　（对他的主人大叫）真是天杀的！您什么时候才可以不再叫他朋友？全世界都知道这家伙给您设下一个陷阱，然后自己去告发您，可是您却一直被蒙在鼓里！我呢，我会成为众人的笑柄，因为我的主人是个白痴！

第四场

主人　（转向雅克，边说话边走下平台）如果你主人只是个

　　　　　白痴也就算了，我可爱的雅克。更糟的是，他还很

　　　　不幸哪。我从监狱出来了，可是我得赔他们一大笔

　　　　钱呢，因为我玷污了未婚女性的名誉……

雅克　（安慰他）主人，这还算好的了。想想看，如果这女

　　　　孩子怀孕的话，不是更惨。

主人　你猜对了。

雅克　什么？

主人　没错。

雅克　她怀孕了？（主人表示雅克说得没错；雅克将主人

　　　　拥在怀里。）主人，我亲爱的主人！我现在知道了，

　　　　一个故事想象得到的、最悲惨的结局就是这样了。

　　　　〔在第四场戏中，雅克和主人之间的对话带着一种真

　　　　切的忧愁，没有一丝喜感。

主人　我不只得付钱赔偿那个小婊子的名誉损失，法院还判决要我负责生产的花费，拿钱给那个小毛头生活，给他上学。而这小毛头跟我的朋友圣图旺简直像得惨不忍睹啊。

雅克　我现在知道了。人类故事最悲惨的结局，就是个小毛头。他为爱情故事画下一个灾难性的句点。在爱情的尽头留下一个污点。那令郎现在几岁了？

主人　就快要十岁了。我一直把他寄养在乡下，趁这次旅行的机会，我要顺道去照顾他的人家里走一趟，把我欠他们的最后一笔钱付清，然后把这个拖着两管鼻涕的小鬼送去当学徒。

雅克　您还记得一开始的时候，他们问我们（指着台下观众）到哪儿去，而我回答说：难道有人知道自己要到哪儿去吗？这会儿，您倒是很清楚我们要去哪儿嘛，我悲伤的小主人。

主人　我要让他变成钟表匠，或是木匠。当木匠或许好些。他会永远有做不完的椅子，还会生几个小孩；这些小孩也会再做更多的椅子，生更多的小孩；然后这些小孩又会再做一大堆椅子，生一大堆小孩……

雅克　世界将会被椅子塞满，而这就是您的复仇。

主人　（带着一种讽刺意味的憎恶神情）草儿不再长，花儿不再开，放眼所及，只有孩子跟椅子。

雅克　孩子跟椅子，除了孩子跟椅子，没有其他东西，这种未来的景象真恐怖。主人，我们何其有幸，还来得及死掉。

主人　（深思状）雅克，能这样最好，因为我有时候想到椅子跟孩子，还有这一切无穷无尽的重复，就会被搞得很焦虑……你知道的，昨天在听拉宝梅蕾夫人的故事时，我就觉得：这不总是同样一成不变的故事吗？因为拉宝梅蕾夫人终究只是圣图旺的翻版。
而我只是你那可怜朋友葛庇的另一个版本。葛庇
呢，他和受骗的侯爵可以说是难兄难弟。在朱丝婷
和阿加特之间，我也看不出有什么差别，而侯爵后
来不得不娶的那个小妓女，跟阿加特简直是一个模
子印出来的。

雅克　（深思状）没错，主人，这就像转着圆圈的旋转木
马。您是知道的，我祖父，就是用东西把我嘴巴塞
住的那个祖父，他每天晚上都念《圣经》，但是他
对《圣经》也不是没有意见，他总是说连《圣经》都
不断重复相同的事，问题是，会重复同样事情的
人，根本就把听他说话的人都当成白痴。我呢，主
人，我常常问我自己，在天上把这一切都写好的那
家伙，他不也是没完没了地在重复同样的事吗？
那难不成他也把我们都当成白痴……（雅克不再说

话，主人状似悲伤，不回答；静默片刻；随后雅克试图让主人打起精神。)噢！我的老天哪，主人，别那么难过，只要能让您开心，要我做什么都可以。您猜怎么着，我亲爱的主人，我要跟您说我是怎么开始恋爱的。

主人　（感伤地）快说，我可爱的雅克。

雅克　失去贞操那天，我喝得烂醉。

主人　对，这我已经知道了。

雅克　啊，您别生气。我直接跳到外科医生老婆的那一段。

主人　你是跟她恋爱的吗？

雅克　不是。

主人　（突然以一种不信任的眼神打量着雅克）那就把这个女人省掉，直接切入主题。

雅克　主人，您为什么要这么急？

主人   雅克，有个什么声音在跟我说，我们剩下的时间不多了。

雅克   主人，您可把我吓坏了。

主人   有个什么声音在跟我说，你得赶快把这个故事说完。

雅克   太好了，主人。我在外科医生家待了一个星期，那时候我已经可以到外面走走了。

〔雅克专心说故事，而且不时看看台下的观众，反倒主人对两旁的风景愈来愈感兴趣。

雅克   那天风和日丽，但我走路还是跛得很厉害……

主人   雅克，我想我们就快要走到我那个杂种住的村子了。

雅克   主人，别在故事最精彩的时候打断我！我走路还是会跛，膝盖也还是会痛，不过那天风和日丽，此情此景仿佛就在眼前。

〔圣图旺出现在舞台最前缘。他看不见主人，但主人看得见他，而且盯着他看。雅克转向台下观众，全神投入他正在诉说的故事里。

主人，那是在秋天时分，树木色彩缤纷，天空是蓝色的，我走在森林里的小路上，这个时候，我看见一个年轻的女孩向我走来，我很高兴您没有打断我的话，那么，那天风和日丽，那年轻女孩很美丽，主人，千万别打断我，她向我走过来，慢慢地走来，我看着她，她也看着我，她的脸庞是如此忧郁，如此美丽……

圣图旺　（终于发现主人，惊跳了一下）是您，我的好
　　　　朋友……

　　　　　　〔主人拔剑；圣图旺也做出同样的动作。

主人　没错，是我！你的好朋友，你绝无仅有、最好的朋
　　　友！（主人扑向圣图旺，两人开始打斗。）你在这里
　　　干什么？来看你的儿子吗？你来看他有没有长得胖
　　　嘟嘟的？你来检查我有没有帮你把他养得肥肥的？

雅克　（怀着恐惧，在一旁观看这场打斗）小心！主人！当
　　　心呀！

　　　〔然而决斗并没有持续多久，圣图旺被刺倒在地。雅
　　　克俯身探看圣图旺。

我看他已经死了。啊，主人，事情怎么会变成
这样!

〔雅克俯身在圣图旺的尸体上，几个农夫跑上舞台。

主人　雅克，快点! 快逃啊!

〔主人跑走，退场。

第五场

〔雅克来不及逃走。数名农夫一拥而上制伏雅克，将
他的双手绑在背后。双手被缚的雅克站在舞台前缘，
法官打量着他。

法官 好了，你觉得怎么样，啊？你就要被丢进监狱，接受审判，然后被吊死了。

雅克 （站在舞台前缘，双手被反缚在背后）我能跟您说的，只有我的连长常说的那句话：我们在人世间遭遇的一切，都是上天注定的。

法官 这倒是千真万确的……

〔法官和农夫们退场，雅克独自一人留在舞台上进行以下的独白：

雅克 不过，我们显然还是可以想一下，上天注定的事情，它可信的程度有多少。啊，我的主人。就因为您爱上阿加特这个蠢货，害我得让人吊死，结束我的一生，您有没有从这里头得到什么教训啊？您永远不会知道我是怎么坠入爱河的了。那个美丽又忧郁的女孩在大宅院里当女佣，我则是在大宅院里当仆人，不过您永远不会知道故事的结局了，因为我就要被吊死了，她叫丹妮丝，我非常爱她，从此我没再爱上过别人，不过我们彼此才认识半个月，主人，您可以想象吗？就只有半个月，半个月而已，因为我那时候的主人，我的主人也就是丹妮丝的主人，把我送给布雷伯爵，布雷伯爵又把我送给他那个当连长的大哥，连长大哥又把我送给他那个在图鲁兹当代理检察长的外甥，后来，检察长又把我送给杜维尔伯爵，然后杜维尔伯爵把我送给贝卢瓦侯爵夫人，她后来跟一个英国人跑了，这事在当时还挺轰动的，不过在她跟人家跑掉以前，还来得及把我推荐给马第连长，没错，主人，就是他，每次都说一切都是上天注定的那个人，马第连长后来把我送给艾希松先生，艾希松先生让我到奕思兰小姐家工作，主人，就是您包养的那个奕思兰小姐，不过她又干又瘦又歇斯底里，经常惹得您受不了，每当您受不了的时候，我就会用我闲扯淡的本领逗您开心，因此您非常喜欢我，所以我老的时候，您一定还是会给我一口饭吃，因为您答应过我，我也知道您会说到做到，我们本来就永远不会离开对方，我们两人存在的意义是分不开的，雅克为了主人而存在，主人为了雅克而存在。可是现在我们却分开了，就为了这么一件蠢事！真是要命哪，主人，您自己要被那个混蛋欺骗，关我什么事！为什么为了您心地好、品味差，我就得让人吊死！上天注定的事为什么这么蠢哪！噢！主人，在天上写我们故事的那家伙，一定是个很烂的诗人，是所有烂诗人里头最烂的诗人，是烂诗人之王，是烂诗人的皇帝！

小葛庇　（雅克说最后一段话的时候，小葛庇出现在舞台前

缘；他带着怀疑的神情看着雅克，然后呼唤雅克的

名字。）雅克？

雅克　　（没看葛庇）滚开，别烦我！

小葛庇　雅克，是你吗？

雅克　　都滚开，少来烦我！我在跟我的主人讲话！

小葛庇　天杀的，雅克，你不认得我啦？

〔小葛庇抓住雅克，把他的头转向自己。

雅克　　葛庇……

小葛庇　你的手为什么被绑住了？

雅克　　因为我就要被吊死了。

小葛庇　把你吊死？不可能的……我的好朋友！幸好这个

世界上还有人记得他的朋友！（小葛庇松开缚在雅

克手上的绳索；然后把雅克转过来面对自己，将雅

克拥在怀里；雅克在小葛庇的怀里放声大笑。）你在
笑什么？

雅克　我刚刚才在骂一个烂诗人，说他怎么会是个这么烂
的诗人，结果他就急急忙忙把你送过来，好修改一
下他的烂诗，不过我跟你说，葛庇，即使是最烂
的诗人也没办法帮他的烂诗写出比这更让人快乐的
结局！

小葛庇　你在胡说八道些什么，我的好朋友，唉，不管这么
多了！反正我可从来没忘记过你。你还记得那个阁
楼吗？（换小葛庇笑了，小葛庇拍了一下雅克的背；
雅克也笑了。）你看到了没有？（小葛庇指着舞台深
处的台阶。）老兄，那不只是一间阁楼！那就像一
个小教堂！那是纪念我们忠诚友谊的神殿！雅克，
你大概连你给我们带来了什么好运都不知道。记得
吗？你后来当兵去了，一个月以后，我才知道朱丝

婷她……

〔小葛庇故作神秘地停顿了一下。

雅克　朱丝婷？她怎么啦？

小葛庇　朱丝婷她……（又一次颇有深意的停顿）……就快要有……（静默片刻）好啦！你猜怎么着！……她就快要有小孩了。

雅克　就在我去当兵一个月以后，你们才知道朱丝婷怀孕了吗？

小葛庇　我父亲就没话说啦。他只好答应让我娶朱丝婷，而九个月以后……（颇有深意的停顿）

雅克　男孩还是女孩？

小葛庇　是个男孩！

雅克　身体有没有很健康？

小葛庇 （自豪地）这还用说吗！为了要纪念你，我们给他
取名叫雅克！信不信由你，他甚至跟你长得有点像
呢。你一定要来看看他！朱丝婷会高兴得要命！

雅克 （转身）我亲爱的主人，我们的爱情故事还真像，很
可笑吧……

〔小葛庇带着雅克高兴地走了；两人退场。

第六场

主人 （进场，走上空荡的舞台；愁容满面地呼唤着雅克
的名字）雅克！我可爱的雅克！（主人环视四周。）
自从失去了你，这座舞台就变得像世界一样荒凉，
而世界也荒凉得像座空荡荡的舞台啊……我愿意
付出任何代价，只要你能再为我说说刀鞘与小刀的

故事。这个寓言故事很下流，这就是为什么我会唾弃这故事，拒绝接受这个故事，还说我就当这个故事不存在，因为我想要你再重说这个故事呀，而且每次重说的时候，都好像你从来没说过那样……啊，我可爱的雅克，如果我也能拒绝接受圣图旺的那个故事就好了！……不过，就算我们可以修改你那些美丽的故事，我自己愚蠢的爱情故事也已经成为定局，而我也确实身陷其中了，没有你在身边，也没有你说的那些迷人的大屁股，唉，你不过是动动嘴巴就说得天花乱坠了……（主人开始用梦呓般的语调，仿佛在读十二音节诗。）屁股又圆又翘宛如天上满月！……（恢复正常的语调）还是你说得对，我们不知道自己要到哪儿去。我以为我是要去看我那个杂种，没想到我竟然是去害死我亲爱的雅克。

雅克　（从舞台另一端向主人走近）我可爱的主人……

主人　（转身，惊讶地）雅克!

雅克　您知道的，客栈老板娘，也就是那位屁股看起来很
可观的高贵女士曾经说过：不管少了哪一个，我们
两个都活不下去。(主人的情绪非常激动；他倒在雅
克的怀里，雅克安慰他。)别这样，别难过了，快起
来告诉我，我们要到哪儿去吧!

主人　难道我们知道我们要到哪儿去吗?

雅克　没有人知道。

主人　的确没人知道。

雅克　那么，请给我一个方向。

主人　连我自己都不知道要往哪儿去的话，怎么给你方向?

雅克　上天注定，您既然是我的主人，您的任务就是要领
导我。

主人　话这么说是没错，不过你忘了还有写得比较远的那
句话。主人当然得下命令，不过，雅克得决定主人

该下什么命令。喏，我等着呢！

雅克　好，那我决定要您带着我 …… 向前走 ……

主人　（环视四周，状甚窘迫）我很愿意带你向前走，不过，向前走，前面在哪边？

雅克　我要告诉您一个大秘密，人类一向都用这招来骗自己。向前走，就是不管往哪儿走都行。

主人　（向四周环视一圈）往哪儿都行？

雅克　（以手臂的大动作划了一圈）不论您往哪个方向看，到处都是前面哪！

主人　（意兴阑珊地）实在是太棒了，雅克！太棒了！

〔主人缓缓转身。

雅克　（感伤地）是呀，主人，我也这么觉得，我觉得这样很好。

主人 （简短的舞台动作之后，悲哀地）好吧，雅克，我们向
前走!

〔两人歪歪斜斜地走向舞台深处……

一九七一年七月，布拉格。

在变奏的艺术上谱写变奏

弗朗索瓦·里卡尔

　　米兰·昆德拉自陈他这本书是《宿命论者雅克和他的主人》的一曲"变奏"。事实上,《笑忘录》(一九七九年)已将这个"变奏"的概念带入文学的世界,作者从音乐的领域借用了这个概念,还特别提及了贝多芬。《天使们》(《笑忘录》第六部)里头的叙事者写道,交响乐是一曲"用音乐谱写的史诗",也就是一种"旅行,横越外在世界的无穷",而变奏曲毋宁是对另一种空间的探索,是在"内在世界无穷无尽的变化"之中旅行,变奏曲以集中、反复、深入为轴,像某种耐心的钻井行动,在相似的材质里,围绕着某个定点,持续不懈地挖掘着一条条通道,这定点始终不变,可却无从企及,只能倚靠这般一再重新起始的复式逼近法。如是,昆德拉说,《笑忘录》正是一组变奏曲:"几个不同的章节一个接着一个,如同旅行的几个不同阶段，朝向某个主旋律的内在，朝向某个想法的内在，朝向某种独一无二的情境的内在，而旅行的义涵已迷失在广袤无垠的内在世界，我欲辩却已忘言。"简而言之，这是以塔米娜①为主旋律的一曲无穷无尽的变奏。

　　不过，《雅克和他的主人》正是在一个些微不同的差别之上，也谱写了一曲变奏。要继续以音乐来作比的话，或许我们可以说，假如《笑忘录》像是贝多芬作品第四十四号的降E大调十四段变奏曲，那么《雅克和他的主人》则更接近莫扎特作品第六十六号——以歌剧《魔笛》中"情人或老婆"为主旋律的十二段变奏曲。当然，我所说的差别，是在这样的假设之下：一方面变奏的主旋律是"原创的"，而在此同时，这主旋律又仅仅是向某位前辈的作品借用的。就第二种情况看来，在严格定义下的一曲曲变奏（复数的）之外，还存在着一曲原创的变奏（单数的），亦即某种自始就具有启发性的模仿。

　　这样的差别，尽管如此轻微，意义却极其深远。首先，对于作品神圣不可侵犯的内容，我会说，在变奏的艺术里，已有某种基本的节制，或至少有某种谨慎，原作品的内容至多是在某种程度的努力下，集聚到作品之中，而它的本质则是在这般窘迫的努力所经营的成就里，存在于作品的转化与深化之中。但如果作品的主题不是创造的，而仅仅是模仿自别人的作品，本质反倒可以更清晰地突显。

*

　　本质，说起来就是在作品第六十六号的十二段变奏曲里贝多芬与莫扎特的相遇——在后者的一个乐句里，前者发现了一首歌，而这首歌成为前者自己的创作。同样的，在这本小书里，仆人与

---

① 小说《笑忘录》的主角。

主人的对话来自狄德罗、来自斯特恩，在这对话之上，一个卓越而美丽的对话发生了，在昆德拉与狄德罗之间，在二十世纪的捷克人与十八世纪的法国人之间，在戏剧与小说之间，而正是在这无止境的对话之中，在这思想与声音的交流之中，文学得到了最高的实现。

我再强调一次：交流。因为，如果在十二段变奏曲中，莫扎特把他的声音借给贝多芬，那么反向的借用也发生了，从此我不再以相同的态度聆听帕米纳和巴巴杰诺①的二重唱，因为未来贝多芬所写的变奏曲从此丰富了这段二重唱。狄德罗的小说也是如此，狄德罗从昆德拉那儿得到的，不下于他给昆德拉的。昆德拉的剧本十分精彩，剧场的双重场面调度将角色切分（诸如大鹿客栈的老板娘和拉宝梅蕾夫人，或是雅克和阿尔西侯爵），布景近乎全然空无，舞台上满溢的只有演员的台词，着重刻画的是雅克及其主人各自的风流韵事；简而言之，这个化身为戏剧的读本，让狄德罗精彩的小说因此增色，因此更显耀、更深化、更加屹立不摇。

在这层意义上，我们可以说，昆德拉的剧本以及他的表现手法，非常卓越地阐明了批判式的阅读亟欲达成的理想（"我阅读的时候，"雅克·布罗②说，"有点像乐手或是演员，我诠释着剧本，我在自己身上、在自己身体里表演着。"）。只要我们这么做的时候，不要误解了《雅克和他的主人》。这个剧本完全不是狄德罗小说的一个批注，完全不是"改编"或重写的作品，也完全不是一项研究，这剧本是名副其实的一个创作。

换个角度来看，如果狄德罗的小说因为昆德拉的剧本而增添光彩，并且增添了意义，那么，这其中最美好的，或许是昆德拉对其前辈作品的信心，以及《雅克和他的主人》的书写所展现的信心：信心，换句话说，就是赞同与尊敬。一方面以他人为模型，另一方面却也自觉地保留着自我，自觉地在他人浮现的轮廓之中

① 歌剧《魔笛》里的人物。
② Jacques Brault（1933— ），加拿大诗人、小说家、评论家，曾获加拿大总督奖。

发现自己的面容，也在赞赏的同时进行创作。

　　我们很自然地会就这一点进行评论，但我们能做的，也不过是重述雅克·布罗在他的散文《四方的诗》的段落里已经提过的"非翻译"，这个说法其实是以另一种方式描述了昆德拉以变奏之名所指称的概念。"非翻译，是忠诚的，但它向往着不忠。"

*

　　有时我会觉得，似乎该有某种关于变奏的道德，甚至某种形而上的思想。然而这样的道德和形而上的思想却带着奇特的讽刺意味，它所呈现的或许是昆德拉所有作品里最重要的一个意义（或者"反意义"），我们可以用如下的说法来描述：独一无二是一个陷阱，我们始终是一整套东西里的一个部分，换句话说，我们始终不如我们所想象的那么独特，一切的不幸都因为我们汲汲营营地追求差异。原创性是一个幻象，是一种纯然属于青春期的产

品，是一种自以为是的姿态（见《生活在别处》或《笑忘录》的第
五部《力脱思特》）。于是，唯一真正的自由乃因意识到重复而生，
唯一的自由也就是唯一的智慧。

　　事实上，在《玩笑》里，小说的叙事者路德维克发现的是什
么？除了他那虚幻的报复性格（也就是他亟欲独一无二的向往），
还有什么？而这般的卑微，让他在小说最终的时候，重新加入了
村里的小乐团，这乐团的一切艺术根柢，是以一些民俗曲调为主
旋律生产出无穷无尽的变奏曲，这种卑微的义涵，除了说是那些
已然不再坚持自己命运独特的人所绽放的微笑，还能是什么？这
也是扬在《笑忘录》最终的部分即将发现的事："重复是让边界现形
的一种方法"；边界，就是一道意识的线，越过边界，"笑就会在
那儿回荡"。而在《雅克和他的主人》里，在整出戏的最后，同样
地，主人会向雅克坦承：

　　　　我有时候想到椅子跟孩子，还有这一切无穷无尽的

重复，就会被搞得很焦虑……你知道的，昨天在听拉宝梅蕾夫人的故事时，我就觉得：这不总是同样一成不变的故事吗？因为拉宝梅蕾夫人终究只是圣图旺的翻版。而我只是你那可怜朋友葛庇的另一个版本。葛庇呢，他和受骗的侯爵可以说是难兄难弟。在朱丝婷和阿加特之间，我也看不出有什么差别，而侯爵后来不得不娶的那个小妓女，跟阿加特简直是一个模子印出来的。

"没错，主人，"雅克答道，"这就像转着圆圈的旋转木马。"雅克还补充了一段："我常常问我自己，在天上把这一切都写好的那家伙，他不也是没完没了地在重复同样的事吗？那难不成他也把我们都当成白痴……"白痴啊，可不是吗？尤其是不愿意面对举世皆然的重复，跟莫扎特年轻的仰慕者一样，疯狂地相信自己可以摆脱无穷无尽变奏锁链的束缚。

终究还是堂·阿尔封索先生①说得有理：女人皆如此……

一九八一年十一月，蒙特利尔。

---

① 莫扎特的歌剧《女人皆如此》(*Così fan tutte*)中的人物。

游戏式的重新编曲

　　让我们把两件事分清楚：一件是，为过去遭人遗忘的音乐原理平反的普遍倾向，这样的倾向渗透在斯特拉文斯基和他同时代的伟大作曲家的作品之中；另一件是，斯特拉文斯基和其他作曲家的直接对话，一次是和柴可夫斯基，另一次是和佩戈莱西①，后来又跟杰苏阿尔多②，等等；这些"直接的对话"，亦即对这一部或那一部旧有的作品、对这样或那样具体的风格进行重新编曲，这是斯特拉文斯基特有的手法，实际上，在他同时代的作曲家身上是找不到的（在毕加索身上却可以找到）。

　　阿多诺③如此诠释斯特拉文斯基的重新编曲（我且用异体字来突出一些关键词）："这些音符（这里说的是那些不协调的、格格不入的音符，像是斯特拉文斯基在《普尔钦奈拉》④里运用的那些音符——米兰·昆德拉注）成为作曲家对习惯语施加暴力留下的痕

迹，而人们在这些音符里细细品味的，正是这暴力，正是这粗暴
对待音乐、以某种方式谋杀音乐的手法。如果说不协调在过去是
主观痛苦的表现，那么，不协调带来的粗粝刺耳现在有了新的价
值，它成了某种社会约束的标记，它的代理人是这位引领潮流的
作曲家。他的作品除了这种约束的标志之外，别无其他素材；这
约束对乐曲主题来说，是外部的必然性，和主题之间没有共同的
尺度，对主题而言仅仅是外部强加的。或许，斯特拉文斯基的新
古典主义作品所获得的广大回响很大部分是因为这些作品 —— 在
没有意识的情况下，在唯美主义的色彩下 —— 已经以自己的方式
教化人类接受某种东西，不久之后，这种东西也会在政治上有条
有理地强加在人类身上。"

---

① Giovanni Battista Pergolesi（1710 — 1736），意大利作曲家。
② Carlo Gesualdo（1560 — 1613），意大利作曲家。
③ Theodore Adorno（1903 — 1969），法兰克福学派学者。
④ Pulcinella，斯特拉文斯基编曲的芭蕾舞剧。

让我们重新整理一下：不协调的声音只有在它是"主观痛苦"的表现的时候，才是合理的，但是在斯特拉文斯基的作品里（他在道德上是有罪的，我们都知道，他没有说出他的痛苦），这样的不协调是粗暴的记号；这种粗暴和政治上的粗暴被并列对照（借由阿多诺思想精彩的短路之火花）：如是，不协调的和弦加在佩戈莱西的音乐上，预示着（也可以说是预备着）即将来临的政治压迫（而这压迫，在具体的历史脉络里，仅可能指涉一件事：法西斯主义）。

我也有过经验，把前人的作品拿来重新自由编曲，那是在七十年代伊始，那时我还在布拉格，我动手写了《宿命论者雅克和他的主人》的一个戏剧变奏。对我来说，狄德罗是自由、理性、批判精神的化身，在我对他的感情里，仿佛有一种对于西方的乡愁（在我眼中，俄罗斯对我的国家的占领是一种强制的去西方化）。但事情总是永无休止地改变着意义：今天，我会说狄德罗之于我，是小说艺术初期的化身，我的戏剧则是对旧时小说家所熟悉的一些原则的颂赞；这些原则对我来说非常珍贵：一、欢愉的写作自由；二、放荡的故事与哲学的反思之间恒常的邻近关系；三、这些反思不当一回事、讽刺、戏谑、吓人的性格。游戏的规则很清楚：我所做的并不是改编狄德罗，这是我自己的戏剧，是我变奏的狄德罗，是我向狄德罗致敬的作品：我完全重写了他的小说：即使那些爱情故事取自狄德罗，但是对话之间的反思却是我自己的；任何人都可以一眼看出来，有些句子不可能出自狄德罗的笔下；十八世纪是乐观主义的世纪，我的时代却已不复如此，我自己则是又下了一层，主人和雅克这些人物更在我的剧作里恣意挥洒着黑色的荒谬行径，这在启蒙时代是无法想象的。

　　有了这次小小的经验之后，我只能把那些批评斯特拉文斯基粗暴和暴力的话当作傻话。他热爱他年老的大师一如我热爱我的大师。当他把二十世纪不协调的音符加在十八世纪的旋律上，或许他想象的是，可以让他在天上的大师感到惊奇，可以向大师吐露某些关于我们时代的重要的事情，甚至可以让大师开心。他需要找大师说话，向大师诉说。对斯特拉文斯基来说，把一个旧有的作品做游戏式的重新编曲，就像是在世纪间建立联系的某种方法。

选自米兰·昆德拉《被背叛的遗嘱》

作者补记

关于这出戏的身世

　　我写作《雅克和他的主人》可能是一九七一年的事（说"可能"是因为我没有记下任何日记），写的时候隐约想象着，或许可以借个名字，找一家捷克的剧院来演这出戏。我在一九八一年的《序曲》里就是这么说的。但是为了必要的谨慎，当时我不能接着说这"隐约的想法"后来真的实现了，在一九七五年的十二月，也就是我离开捷克六个月之后，我的朋友瓦尔德·斯考姆（六十年代捷克电影新浪潮的要角之一）把他的名字借给这出戏，在外省的一家剧院搬演。他的诡计避过了警察的耳目，直到一九八九年，这出戏已经在全国各地巡回，甚至也不时在布拉格演出。

　　一九七二年，一位年轻的法国剧场导演乔治·威尔莱来布拉格看我，把我的《雅克》带回了巴黎，九年之后，也就是一九八一

年，在巴黎的马蒂兰剧院，他把这出戏搬上了舞台。同年，这
个剧本的法文版收在伽里玛出版社的"舞台檐幕"丛书中出版
（一九九〇年改版时，我又彻底修改过一遍），附有弗朗索瓦·里
卡尔写的跋和我自己写的引言《序曲 —— 写给一首变奏》。这篇
引言是对于《宿命论者雅克和他的主人》的一个反思（对我来说，
狄德罗的这本书是小说史上最伟大的作品之一），同时，这篇序文
也是记录一个捷克作家心灵状态的文件，一个依然被俄罗斯的入
侵震撼着心灵的捷克作家。"在俄罗斯黑夜无尽的幽暗里……"当
时，我不知道这个"无尽"再撑也撑不过八年。

　　我们作预测的时候，永远都会猜错。不过，也没有什么东西
比这些错误更真实：人们对未来的想象，总是带有他们当下历史
处境的存在本质。我们会把一九六八年俄罗斯入侵当作一场悲
剧，那并不是因为当时的迫害有多么残酷，而是因为我们以为一
切（一切，也就是连这个国家的本质也包括在内，以及这个国家
的西方精神）都已经永远失去了。显而易见，一个陷在这般绝望

之中的捷克作家，自然而然地要寻求慰藉，寻找支持，或是喘口气，而他正是在狄德罗如此自由又不严肃的小说里，找到了这一切。(到了巴黎之后，我才知道，我对这部小说的激情在显而易见的同时也很令人困惑：《宿命论者雅克和他的主人》竟然在它的祖国如此被低估，而它从中获益良多的拉伯雷传统也有相同的命运。)

这出戏已经被翻译成许多语言(有时根据捷克文，有时根据法文)，经常在欧洲、美国(西蒙·凯罗在洛杉矶搬演此剧，苏珊·桑塔格在波士顿)，甚至在澳大利亚上演。我只看过几场；其中，我特别喜欢萨格勒布(一九八〇年)和日内瓦(一九八二年)的那两场。有一次，有个比利时的剧团做了一次晦暗不明又过度雕琢的演出，让我明白了我的变奏原则可以遭受到何等的误解。那些有写作狂倾向的剧场导演(今天，哪个导演没有这种倾向)会说：既然昆德拉可以从狄德罗的小说弄出一个变奏，难道我们就不能用他的变奏再作一个自由变奏吗？胡言乱语真是莫此为甚了。

当我明白了剧场人士对待剧本有一种无法撼动的放肆从容，对于这出戏，我对剧本读者的期待也就多过剧院观众了。从此，我只授权给业余爱好者的剧团（这出戏在美国有数十个学生剧团演出过），或是贫穷的职业剧团。在财务拮据的情况下，我看到场面调度的单纯得到保证。其实，在艺术里，没有什么比一个矫揉造作的低能儿手握大把金钱所造成的破坏更具灾难性了。

一九八九年底，"俄罗斯黑夜无尽的幽暗"终结了，从此，《雅克和他的主人》在诸多捷克和斯洛伐克的剧院演出（光是布拉格一地，就有三个不同的演出版本）。他们对剧本的理解带给我一场又一场的飨宴。他们的演出带着何等的幽默，带着何等令人感伤的幽默！（多年来，这出戏在布拉迪斯拉发不断演出，由我认识的两位伟大喜剧演员拉西卡和萨丁斯基担纲主演。）奇怪的是：这个直接受到法国文学启迪的剧本，或许在我不知不觉的情况下，写成了最有捷克味的剧本。

（最后附带一提：最近，本剧于莫斯科演出。非常杰出，有人这么告诉我。我又再一次想起《序曲》中的这一段："俄罗斯黑夜无尽的幽暗"。而我也听见雅克对着我说："我亲爱的主人，我们从来不知道我们要往哪儿去。"）

一九九八年八月，巴黎。